玉電松原物語

坪内祐三

新潮社

玉電松原物語　目次

第一章　四谷軒牧場とブースカ　9
第二章　スーパー「オオゼキ」がリニューアルオープンした　25
第三章　サヨウナラ「遠藤書店」　41
第四章　松原書房、「安さん」、そして切手ブーム　57
第五章　「ももや」のブルート、米屋のカルロス、そしてヒッピーそうちゃん　73
第六章　落合博満は赤堤小学校のＰＴＡ会長だった　91

第七章　「布川電気」で買ったレコード、そして赤堤の家の生き物たち　109
第八章　和泉多摩川、京王多摩川、そして二子玉川　127
第九章　世田谷八幡の秋祭りの奉納相撲で学生横綱だった農大の長濱を見た　143
第十章　「ハマユウ」と「整美楽」が謎だった　159
燃える牛と四十七の扉　吉田篤弘　175

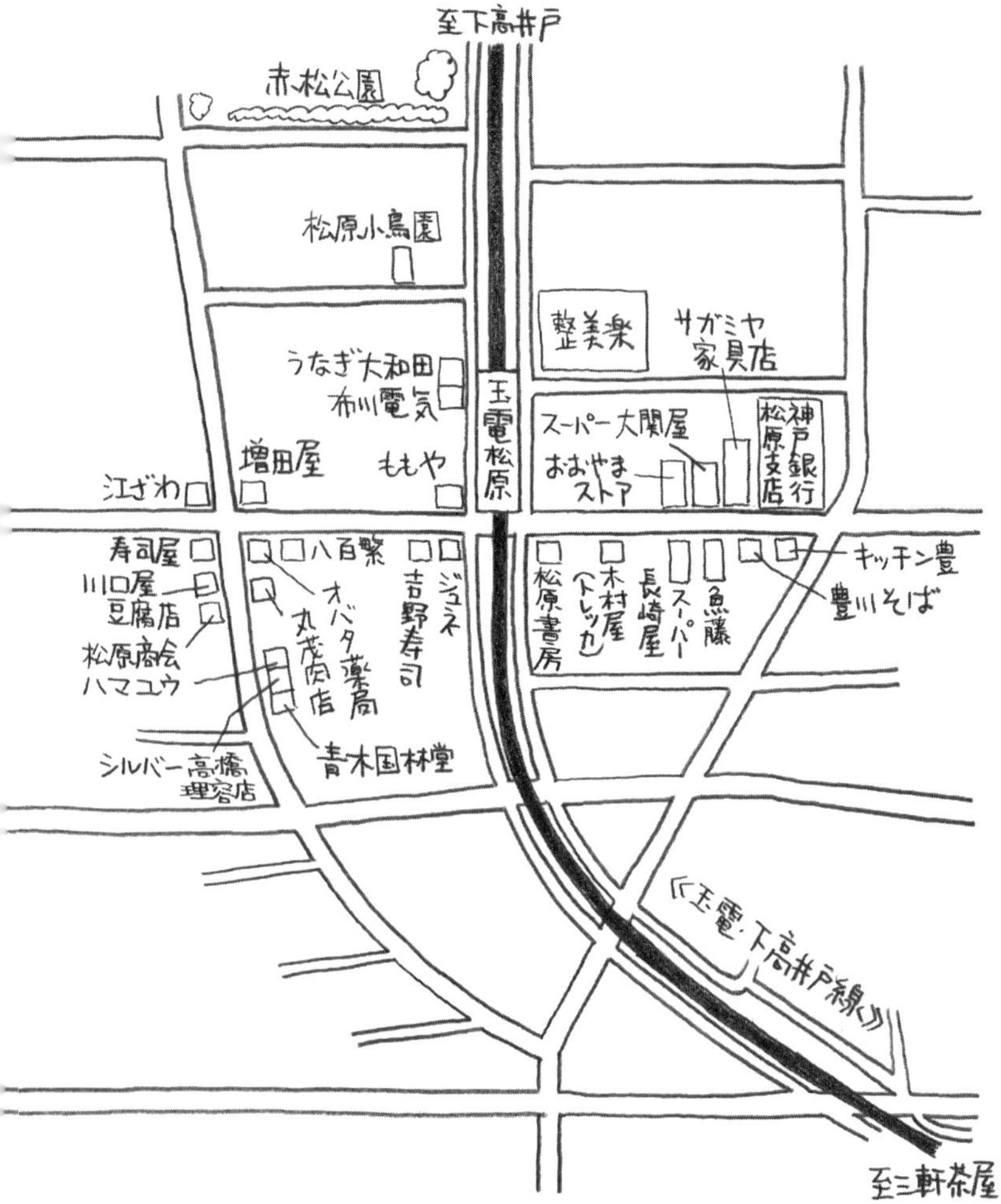
至下高井戸
赤松公園
松原小鳥園
整美楽
サガミヤ
家具店
うなぎ大和田
布川電気
玉電松原
スーパー大関屋
おおやまストア
神戸銀行松原支店
増田屋
ももや
江ざわ
寿司屋
川口屋
豆腐店
松原商会
ハマユウ
シルバー高橋
理容店
八百繁
オバタ薬局
丸茂肉店
吉野寿司
ジュネ
青木国林堂
松原書房
木村屋(トレッカ)
長崎屋スーパー
魚藤
キッチン豊
豊川そば
《玉電・下高井戸線》
至三軒茶屋

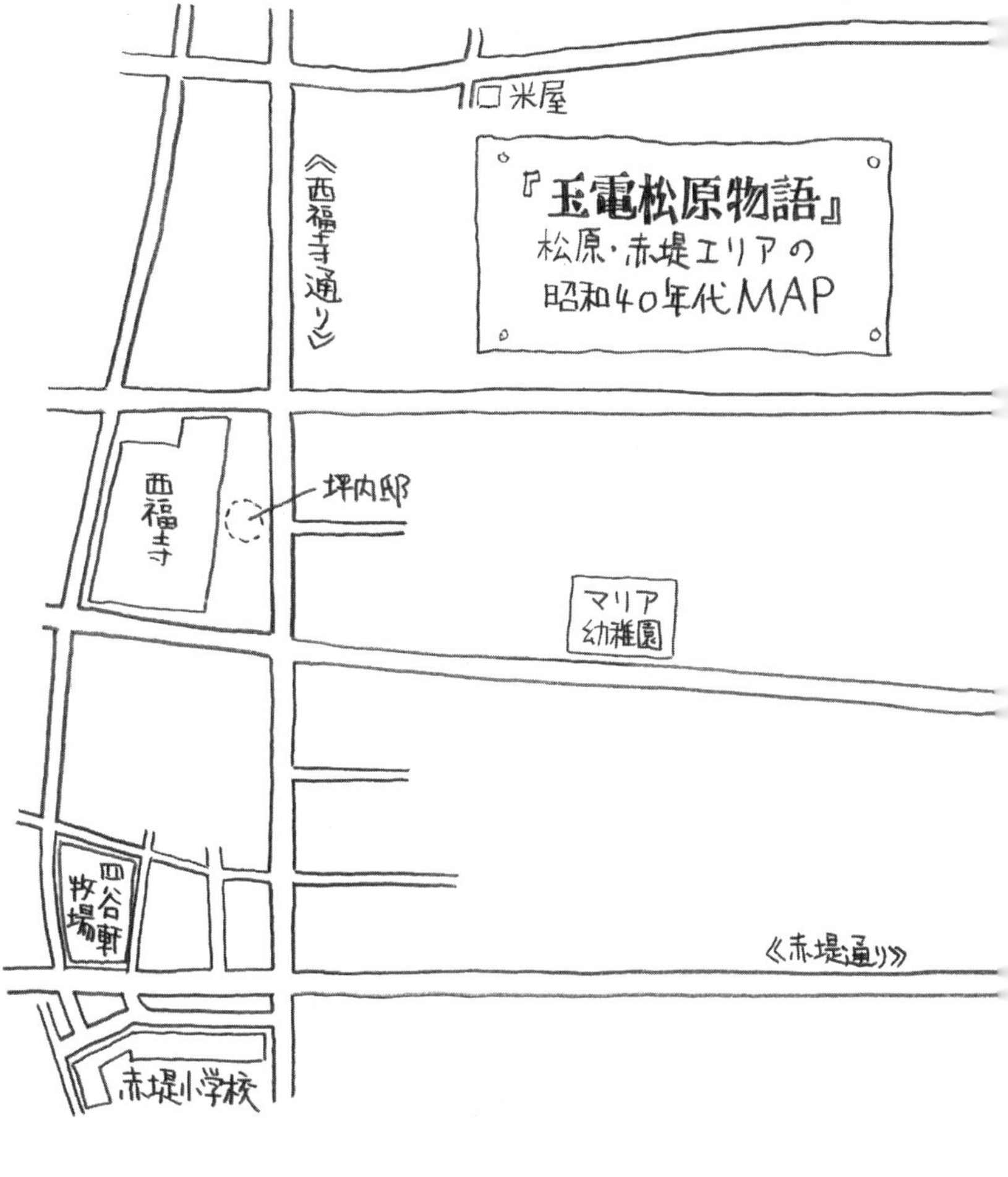

米屋
『玉電松原物語』
松原・赤堤エリアの
昭和40年代MAP
《西福寺通り》
西福寺
坪内邸
マリア幼稚園
四谷軒牧場
《赤堤通り》
赤堤小学校

玉電・三軒茶屋〜下高井戸
昭和四十年代 広域MAP
至吉祥寺
至八王子
桜上水
下高井戸
明大前
代田橋
笹塚
至新宿
《京王線》
《井の頭線》
東松原
新代田
下北沢
至新宿
至渋谷
松沢中
松沢小
玉電松原
緑丘中
赤堤小
玉電山下
至小田原
経堂
豪徳寺
《小田急線》
梅ヶ丘
世田谷代田
《環状七号線》
《玉電・下高井戸線》
宮ノ坂
上町
世田谷
松陰神社前
玉電若林
西太子堂
三宿
至渋谷
上馬
三軒茶屋
《玉電・玉川線》
《国道246号》
真中
玉電中里
至二子玉川園

玉電松原物語

第一章

四谷軒牧場とブースカ

東京で生まれ東京で育った私ではあるが、自分のことを「東京っ子」とは言い切れぬ思いがある。

具体的に言えば私は昭和三十三（一九五八）年に初台（区としては渋谷区だが一番近い繁華街は新宿）に生まれ、同三十六年に世田谷区赤堤《あかつつみ》に引っ越した。

つまり山手線の内側はおろか環状七号線の内側にも暮らしていなかったのだ。だから「東京っ子」を自称するのはサギめいている気がする。

と言うと、山手線はともかく、初台は環七の内側にあるじゃないか、という突っ込みを入れる人もいるかもしれない。

しかし環七が作られたのは昭和三十九年に開催された東京オリンピックに合わせてで、私が初台に暮らしている頃はまだ影も形もなかったのだ（私はこの原稿を環七に隣接したマンションの一室にある仕事場で書いている）。

赤堤に越して来た時に私が憶えているのは、ずいぶん辺鄙な場所だな、ということだ。当時そのあたりはまだ道路が舗装されていなかった。つまり土だった。

私の家は西福寺《さいふくじ》という寺の隣にあって、今「西福寺通り」と呼ばれる（当時は名称のなかった）大通りを経堂《きょうどう》方向にしばらく行くと赤堤通りという大通りと交差する。

その交差点にはもちろん信号があるが、私が小学校に入学した頃、昭和四十年頃はまだ信号がなかった。今やビュンビュンと車が走っている赤堤通りも当時はとても交通量が少なかったのだ。

その交通量が増えて行ったのは私が小学校に入学してからで、たしかその頃小学生がその交差点で事故に遭い、それを機に信号がつけられたのだ。

そういう辺鄙な場所にあっても、私の家から歩いて七〜八分（子供の足でも十分）ぐらいの所に商店街があった。

それは電車の駅があったからだ。電車といってもいわゆるチンチン電車で、東急玉川線（通称玉電）の松原駅だ。

玉電は本線が渋谷から二子《ふたこ》玉川《たまがわ》まで走っていて、砧《きぬた》緑地まで行く支線と、下高井戸、三軒茶屋間を走る支線が通っていて、昭和四十四（一九六九）年に本線と砧緑地までの支線が廃線となってのち、下高井戸、三軒茶屋間は世田谷線となった。

だから玉電松原という駅はただの松原駅となった。

だが私の中で松原は永遠に（ということは今でも）玉電松原だ。

その玉電松原界隈のことをこれから書きつづって行きたい。

小さいとは言え確かな商店街があった町のことを。

玉電松原に限らず、たぶん、昭和三十年代、四十年代、五十年代、つまり昭和が終わる頃までは、日本の様々な場所にそのような商店街がたくさん存在していたと思う。

昭和どころか平成が終わろうとする今、それらの商店街は殆ど消えてしまった。

いや、すべて消えてしまったかもしれない。

商店街といった時、私は、本屋、おもちゃ屋、お菓子屋、文房具屋、電気屋などがある町をイメージする。

ところが今や、本屋、おもちゃ屋、文房具屋を見かけない。

私は今、世田谷の三軒茶屋に住んでいる。

少年時代から馴染の町で、少年の頃の私には三軒茶屋は街と町との中間にあるマチだった。

つまり新宿や渋谷の街ほどの繁華街ではなかったが、松原や、やはり私の近所にあった下高井戸や経堂に比べれば大きなマチだった。

本屋やおもちゃ屋や文房具屋は数え切れないほどあったし、松原にはなかった古本屋も三軒もあった（小学校五年の頃から私は玉電に乗ってそれらの古本屋に通った）。

ところが今の三軒茶屋に本屋はかろうじて一店（レンタル店も兼ねているＴＳＵＴＡＹＡ）しかなく、文房具はそのＴＳＵＴＡＹＡと西友の文房具コーナーでしか買えない。その西友にはたしておもちゃコーナーはあるのだろうか。

皮肉なのは、一昨年（二〇一七年）、環七の向う側（つまり都心から見て外側）に巨大なドン・キホーテが出来て、私の仕事場から歩いて数分のそのドン・キホーテに私は時々遊びに行くが、そのドン・キホーテの文房具コーナーやおもちゃコーナーはかなり充実しているのだ（もちろん本のコーナーは存在しない）。だがそのドン・キホーテもこの原稿が雑誌に載る頃には店を閉じてしまう。

昭和三十六（一九六一）年に赤堤に移り住んだ私が三軒茶屋に住むようになったのは平成元（一九八九）年の秋頃だった。

もうすぐ平成が終わろうとしている。

昭和の最後のほぼ三十年を赤堤に暮らした私は平成の同じ時間を三軒茶屋で暮らした。

私が三軒茶屋に移り住んだのはバブルの時代だ。

そしてバブルの時代はセゾン文化の時代でもあった。

丸井と並ぶカード（ローン）会社に緑屋《みどりや》があった（私の父はその二つの会社のことを前借り屋と呼んでいた）。

テレビのＣＭ戦略が当ってどんどん業績を伸ばしていった丸井と対照的に緑屋は業績を悪化させていった。

そしてバブルに入る頃、緑屋はセゾンに買い取られた。

私の行動範囲に絞ると緑屋は渋谷と三軒茶屋にあった。その渋谷店は「ザ・プライム」になり三軒茶屋は「アムス」になった（バブル崩壊後も「ザ・プライム」はその名称のままで営業を続けているが「アムス」は西友に変った）。

「アムス」は小物や文房具やインテリアをはじめとしてオシャレな品揃えだった。五階にあった本屋「リブロ」の棚並びも良かった（私の最初の著書『ストリートワイズ』〈晶文社一九九七年〉が出た時はとても良い場所に平積みしてくれた）。同じ階にあった映像ホールは、さほど広くはなかったが、昭和三十年代の日本の忘れられたいい映画監督の特集上映を続けていた（鈴木英夫監督の再評価——いや新評価か——もその特集上映の中で生まれた）。

しかもその頃の三軒茶屋には映画館（名画座）が三軒もあった。古本屋も同じく三軒あった。これらはすべて消え、「アムス」はただの西友（ありふれた大型スーパー）となった。

話を私が赤堤に越して来た頃に戻す。

当時の赤堤には畑がたくさんあった。いやそれどころか牧場もあった。

私の実家から歩いて五分ぐらいの所にあった四谷《よつや》軒《けん》牧場だ。その名の通り戦前に四谷から移って来たというその牧場は私が大学を卒業する時にもまだあった。

私が大学に入学した頃に、その牧場の隣に牧場主が経営するステーキレストラン「M《モ》OW《ウ》」が出来て、そのキャッチコピーは〝牧場の見えるレストラン〟だったが、そこで飼われていたのは食用牛ではなく乳牛（たしか名糖牛乳におろしていたと思う）だった。

通り（赤堤通り）をはさんでその牧場の所有する空き地があって、最初は牛の糞処理場として使われていたのだが私がその隣にある小学校（赤堤小学校）の高学年になる頃には玉蜀黍《とうもろこし》畑へと変り、あまりに見事に成長する玉蜀黍を眺めるたびに、やはり前身が前身だけに土地がよく肥えているのだなと思った。その場所は私が高校を卒業する頃には高級マンションとなり、松坂慶子の両親が住んでいたはずだ。それからサッカーの三浦知良《かずよし》・りさ子夫婦の新婚所帯もそのマンションだったはずだ。

今ネットで検索すると四谷軒牧場の最寄り駅は小田急線の経堂だが、歩くと十五分ぐらいかかる（京王線の桜上水駅だとさらに遠い）。

つまり四谷軒牧場の最寄り駅は玉電松原だった。とは言え、松原駅から我が家まで五～六分だから、四谷軒牧場まで十分はかかった。

小学校のすぐ近くにあったから四谷軒牧場は私たちのなじみだった（入学直後にはそこで写生会も開かれた）。

私の家のすぐ近く、松原駅方向に歩いて二分ぐらいの所に同級生のW君の家があった。W君には弟がいて、彼は私の上の弟と同学年だったから四人で（のちには私の下の弟もまじえて）よく遊んだ。

そのW君（弟）が大の牛好きだった。

私の父は長野県の美ヶ原高原に別荘を持っていて、毎年夏、W君たちも交えてそこで避暑した。その場所にも牧場があってたくさんの牛がいたからW君（弟）は嬉しそうに牛と遊んでいた。

将来は北海道で牧場を持ちたいという夢を持っていたW君（弟）は東京農大の学生だった時四谷軒牧場でバイトしていたけれど、就職先は皮肉なことに日本マクドナルドだった（もう三十年以上彼と会っていないけれどいま彼はどこで何をしているのだろうか――ひょっとして北海道で牧場を経営しているかもしれない）。

これは私が赤堤小学校に入学する前、つまり昭和三十年代の話だが、ある時四谷軒牧場が火事になり、背中が燃えている牛が小学校に入りこみ、校庭を狂ったように駆けまわり生徒たちはパニックになったという。小学校四年生の時の朝礼で、最古参の女性教師から聞いた話だ。

そこまでのものではないが、我が眼で目撃したものもある。

小学校六年の時、給食を食べ終え、親友のコミちゃんと遊びに行こうと思って、ふと窓の向こうを見たら、面白い光景に出会った。

六年生の教室は三階建ての最上階にあった。だから玉蜀黍畑の向こうに赤堤通りがよく見える。

四谷軒牧場から逃げ出した牛が通りの真ん中にデンと座っているのだ。

その頃（一九七〇年）になると私の小学校入学時（一九六五年）と違って赤堤通りはけっこうな交通量になっていた（もちろん信号も取り付けられていた）。だから牛の姿に驚いたドライバーたちがパニックになっているのだ（この近くに牧場があることを知っている人でも驚いただろうからまして知らない人たちは一体何が起きたのだと思っただろう）。

私の少年時代の赤堤は畑が多かったと書いた（畑だけでなく水田とそれに隣接した小川もありそこでメダカやドジョウをとった）。それらの畑は用途によって違った（と言ってもトマトやキュウリを盗み食いすることではない――それも少しはやったけれど）。例えばキャベツ畑に紋白蝶を採集しに行く。その経験を持つ人はいるだろう、しかし、山吹の花に天道虫が群がることを知る人は？　それから山椒の木（葉）にはアゲハチョウの巨大な幼虫がいた。

私が赤堤に引っ越してきた当時の住所は赤堤二丁目三八八だった（それが三丁目二十八

の二十六に変わるのは小学校三年ぐらいの時だと思う)。

西福寺という寺の敷地にあった分譲住宅の一軒だ。

西福寺の門の手前に「区劃《くかく》整理記念」と書かれた大きな石碑が建っていたが少年時代の私はその意味がわからなかった。

都心でタクシーを拾い、世田谷、と言うとイヤがる運転手さんが多かった(最近はそういうことはなくなったが)。世田谷は細かな農道が多く、その農道をそのまま道路にしたため、狭く、しかも一方通行が多い。それを嫌うのだ。

ところが赤堤三丁目の界隈は道が碁盤の目になっている。地主たちが戦前、土地を提供したのだ。だから区画整理が出来た。そのことを記念した石碑だ。

私の家と同じ規模の分譲住宅は四軒あったが、私の家の向かいと手前(大通りに面している)の家は違った。

向かいはある小出版社のオーナー社長の一家が住んでいたが、かなりの豪邸で三台分の駐車場と広い庭があった。

私の家に面した御影石《みかげいし》の低い塀の上にたくさんのツツジが植えられて、春は綺麗だった(私はピンク色のツツジと白ツツジの雄蕊《おしべ》と雌蕊《めしべ》をこすり合わせてハーフ&ハーフを作ったことがあるけれどそれがバレてその家の奥さんからひどく怒られたことがある)。

私の手前の家はさらに広い敷地を持っていた。ただし豪邸ではなかった。西福寺から借りていたというその家に住んでいたのは私たちが越して来た当時上智大学に通う息子（次男で長男は医者として独立していた）とその老母だった。

戦前からの建物だというその家はもちろん木造で、ガス水道はなく風呂も五右衛門風呂《ごえもんぶろ》だった。あとで述べるがその家の広い庭で遊ばせてもらっていた私は、井戸水を汲むのや薪を割るのを手伝った。

広い庭、と書いたが本当に広かった。

玄関はいつも閉じていて使われるのは勝手口だけだったが、その勝手口の手前に井戸があり、井戸の横には無花果《いちじく》の木（よくカミキリ虫をつかまえた）、その裏には大きな枇杷《びわ》の木（よくモズが獲物を小枝に刺していた）。

そこを抜けると玄関の前に出、さらに進むと桜の木が一本（少年時代私はよく一人花見をした）。その先を右に行き、ずんずん進んで行くと、いよいよ広い庭に出る。

いったい何坪ぐらいあったのだろう。幼児だった私はその庭に行くと平気で一時間以上時間をつぶしてしまうのだ。

もちろんたくさんの木が植わり、草がはえていた。

木の中でも目立って大きかったのは栗の木だ。

初夏は枇杷と無花果、そして秋になると栗を食べた。この習慣は小学校の高学年まで続き、同級生や弟たちだけでなく彼らの友人も連れて栗拾いをした（十人以上集まったこともある）。

その広大な庭は、つまり、私の庭だった。

少年時代から私はアウトドアー派で小学生になると玉電松原駅から電車に乗って三軒茶屋や渋谷に出かけたが、幼稚園まではその庭で事足りていた。アウトドアー派でいながら友達のいない（きわめて人見知りの）少年だった。

だから、ある時事件が起きた。

私の自宅から歩いて二〜三分ぐらいの所にある教会（カナダ、ケベック州のカソリック）が経営するマリア幼稚園に私は通うことになったのだが、その入園試験の時だ。

試験の途中で私は逃げたのだ。

逃げ場所はもちろん例の庭だ。

しかし試験には母と祖母がつきそい、二人は私の行く先を知っていた。

草叢《くさむら》に身を潜めていたら二人と園長であるボアソノ神父の話し声が聞こえて来た。

声が近づいた時、私は静かに草叢を移動した。

そういうやり取りが何度か続いたのち、私はついに捕えられてしまった。

しかし不思議なことに（試験を放棄したのに）、私は四月からその幼稚園に通うことになった。

最初の一年私は誰とも口をきかなかった。

出欠をとるために名前が呼ばれた時も私は返事しなかった。休み時間になると皆、庭（けっこう広い庭だった）に出て友達と遊ぶのだが、私は庭の片隅に建つマリア様の像のうしろにまわり、彼らの様子をじっと観察するのだ（考えてみれば不気味な少年だ——わざわざ庭に出てそんなことをするのだから）。

ところが年長組になったら先生が変り、美人で性格の良かったその先生に私はなつき（小さい頃から美人好きだったのだ）、よくしゃべる少年になっていた。

だから、小学校に入るとごく普通の少年になっていた。しかも自転車に乗れるようになったから行動範囲は広がった（玉電を使ってさらに広がるのは小学三年生頃から）。

昭和三十三（一九五八）年生まれのオタク世代である私に怪獣ブームが直撃した。

しかし実は昭和三十三年生まれは、その前後の人たちと比べて特殊だと思う。

怪獣ブームが直撃した世代に、一番夢中になったテレビ番組は、と問いかけたら、あるものは『ウルトラQ』と答え、あるものは『ウルトラマン』と答え、そしてまたあるものは『ウルトラセブン』と答えるだろう。例えば私よりも二学年下の弟は『ウルトラセブン』と答えると思う。

ところが私が一番好きな快獣物は『快獣ブースカ』なのだ。第一回放送が昭和四十一年十一月九日で最終回が同四十二年九月二十七日。つまり私が小学二年生から三年生にかけてだ。

これは私だけでなく私と同学年の人たちに共通するのだ。

例えば現代写真家の今井アレクサンドル。彼はブースカをオブジェに風景を撮る作品をライフワークにしている。

それからパルコの現社長。彼が社長に就任した時、ある新聞（夕刊）に彼の写真入りのインタビューが載っていたが、机の上にブースカ人形が置かれ、渋谷店の店長時代の一番の思い出はブースカのサイン会です、と答えていた。

三年前（二〇一六年）、東京ＭＸテレビでブースカが再放送されていることを知り、途中からではあったが、録画し、ブルーレイに焼いた。するとデアゴスティーニのＤＶＤコレクションでブースカのシリーズが始まり、これをコンプリートした。ついでにＤＶＤのボックスセットもアマゾンで注文してしまった。

だから久し振り、約半世紀振りでブースカを見直し、感動してしまった（以前よりさらに感動した）。

ブースカが作られた円谷《つぶらや》プロは世田谷の祖師《そし》ヶ谷《がや》大蔵《おおくら》にあって、ブースカの家はその円谷プロが使われている。

しかしブースカはロケがとても多い。ロケ先で家を借りるからブースカとその弟のチャメゴンがある時は茶の間で食事しているかと思うと、次の時はモダンリビングだったりする。

その風景に私は興奮してしまうのだ。

赤堤通りを桜上水方向にまっすぐ行くと千歳船橋に至る。小田急線でいうと私の家の最寄り駅が経堂で、その次が千歳船橋、そして祖師ヶ谷大蔵となる。

ブースカをリアルタイムで見ていた頃、私はよく自転車で千歳船橋のあたりまで意味なく出かけた。

いま希望ヶ丘団地という広い団地のあるあたりは当時は丘陵地帯だった（それがならさいれていった様子も憶えている）。その丘陵地帯がブースカに何度か登場するのだ。

それだけではない。

当時はまだ環状八号線が通っていなかった。その風景も登場する。

ブースカはその時代の最新スポットも登場する。成城学園前駅の洋菓子兼喫茶アルプス（昭和四十年オープンで今でもある）、小田急向ヶ丘遊園、千葉行川《なめがわ》アイランド、それから小田急ロマンスカー。それからもちろん、出来たばかりの高速道路。

しかし私にとっては、やはり、懐しい世田谷の風景だ。

私のことを、東京っ子を鼻にかけると思っている人がいる。

だが私は東京っ子ではなく世田谷っ子だ。

しかも世間の人が思っている世田谷っ子ではない。

世田谷は高級住宅地だと思われていて、実際、今の世田谷はそうかもしれないが、私が引っ越して来た当時の世田谷、特に赤堤界隈は少しも高級でなかった。もちろん低級でもない。つまり、田舎だった。ブースカを見るとその田舎の風景を思い出す。

第二章 スーパー「オオゼキ」がリニューアルオープンした

人見知りの激しい少年だったが、かと言って、家に引き込もっていたわけではない。外に行くのは好きだった。

私が幼稚園に入園したのは昭和三十八（一九六三）年春だ。この原稿を書いている今は桜の季節で、私が入園した頃に樹《う》えられた桜の樹はどんどん育って行き、私が大学生の頃（一九八〇年代）にはまさに見事な大樹となり、近くに住む友人（小学校の同級生）と夜、日本酒の一升瓶を持って花見に行ったこともある。

しかしたぶんその桜ももはや老木だろう（幼稚園も廃園になったと聞く）。

東京オリンピックが開かれたのは私が幼稚園の年長組の時だ。

女子バレーボールの「東洋の魔女」たちがソビエトチームを破った時のことは良く憶えている。

試合が終わると私は家を飛び出した。

そして玉電松原駅の方に向ってずんずん歩いて行った。

人の姿はまったく見当らなかった。それだけ皆テレビに熱中していたのだ。その事を確認したくて家を飛び出したのだが、思えば、変な幼稚園生だ。

やはり年長組の時、私はある事件を起こしてしまった。

当時の私の家には長野出身のHさんというお手伝いさんがいて、私の三歳下の弟を可愛いがっていた（六歳下の弟はまだ生まれていない）。別にブルジョアでなかったのに、ウチの家には代々お手伝いさんがいて私はミヨさんという美しいお手伝いさんのことが好きだった。お風呂に入れてもらえるのが楽しみだった。

ある時、Hさんは姉と私と弟を連れて、松原駅の近くにあった（今でもある）赤松公園に行った。

公園に入ってしばらくしたら私はHさんたちの姿を見失った。じたばたしても仕方ないので、私は一人で帰宅し、早めのお昼を食べ始めた。食べ終る頃にHさんたちが帰宅し、Hさんはいきなり、烈火のごとく怒り始めた。私の姿が消えたのでさんざん探しまくったというのだ。

当時その公園は、まわりをドブ川がかこみ、私がそのドブ川に落ちてしまったのではないかと思って必死になったという。

そして暗い気持ちでとりあえず帰宅したら、何くわぬ表情で私が昼食を取っていたというわけだ。

怒るHさんをなだめてくれたのは私の祖母だった。

赤松公園の近くに私が行きなれていることを祖母は知っていた。「江ざわ」という甘味屋があった。

甘味だけでなく食事も出来（出前好きだった我が家で少年時代の私がよくとったのはラーメンで大学生になったら焼肉定食――ブタの厚めの生姜焼きとプレーンオムレツとキャベツの千切り――に変った）、店頭には様々な和菓子が並べられていた。

祖母に頼まれて私はよく和菓子を買いに行ったのだ。

事件と言えば小学校に入学早々また別の事件が起きた。

授業が終わったあと、全員、いったん校庭に並ばされ、幾つかの班に別かれ、班ごとに帰宅させるのだ。

私は何故こんな馬鹿馬鹿しいことを行なうのか理解出来なかった。

小学校の門を出たら、私の家は、大通り（現西福寺通り）を左に曲り、あとはまっすぐ歩いて行けば良いのだ。

しかし私の入れられた班は、大通りを渡り、どんどんまっすぐ行くのだ。「ガマ広場」と呼ばれる空き地があって、その界隈までは私も知っていたが、なおもまっすぐ行くのだ。

このままでは家から遠ざかってしまう。まずいぞ。

そこで私は隊列を離れ（そのことに気附いた人はいなかった――いいかげんなものだ）、電信柱の住居表示を頼りに、こっちだこっちだ、と大通り（赤堤通り）に出て、ようやく我が家にたどり着いた。

母に頼んで次の日から集団下校からはずしてもらった。

この経験のおかげで私の行動範囲は広がった。玉電山下（小田急線豪徳寺）駅の界隈も知るようになった。その界隈も赤堤小学校のエリアだったのだ（ただし中学は山崎中学だった）。

ただし、と書いたのは私が進んだ中学は京王線桜上水駅近くの松沢中学校だったからだ。

実は私はギリギリ赤堤小学校のエリアだった。

私の家があった路地から西福寺通りを左折し、十秒ほど歩くと松原駅の方から走る大通りにぶつかる。その大通りを渡ると京王線下高井戸駅近くの松沢小学校のエリアだ。

当時既に八十年近い歴史を持つ松沢小学校はマンモス小学校で生徒数は赤堤小学校の三倍ぐらいあった（そもそも赤堤小学校は松沢小学校の「分校」として誕生したのだ）。

赤松公園というのは赤堤と松沢を組み合わせたように見えるが、この「松」は松沢ではなく松原の「松」なのだ（世田谷に松沢という地名はない）。

しかし赤松公園をめぐって赤堤小学校と松沢小学校で因縁があった。

赤松公園の中に野球の出来るグラウンドがあった。

そこそこ広かったが一試合分の広さしかない。

そのグラウンドをしばしば赤堤小学校と松沢小学校で取り合ったのだ。

小学校五年生のある日、家で昼食をとっていたら、先に赤松公園に行っていた級友がやって来て、自分たちが取った場所を松小のやつに横取りされてしまった、と訴えた。

早速私は自転車に乗り、赤松公園に急いだ。

当時私は肥満児でケンカが強かった。

私は相手の大将格のやつを見つけて一対一で勝負した。

私は彼の腰に手をまわし、思い切り鯖折《さばお》りをかけ、ギブアップさせ、グラウンドを取り戻した。

二年後、私は松沢中学に入り、野球部に入部したら、一年先輩にその時の「彼」がいた(彼らは六年生だったのだ)。

一年生はボールを持たせてもらえず筋トレばかりだった。

私は「彼」から扱《しご》きぬかれた。そんなある日の夜、私の奥歯が抜けた。

これは使えると思った。

翌日、扱かれる前に歯を口に含んだ。

その日の筋トレはうさぎ跳びだった。

バットを手にした「彼」は時々私のケツを叩いた。そのタイミングを狙って、私は、ッと言って、口から歯を出し、歯が折れてしまった、と言った。すると「彼」は、オレのせいじゃないよね、オレのせいじゃないよね、と言って泣き出してしまった。ザマアミロと私は思った。

話がだいぶ進んでしまったので幼稚園時代に戻す。

「オオゼキ」という大手スーパーのチェーンがある。

その第一号店は玉電松原にあった。

その事実をもとに、数年前、友人のフリーライターを通じてノンフィクション作家の芦《あし》崎《ざき》治《おさむ》さんが『商景　オオゼキ創業者佐藤達雄の魂』（幻冬舎メディアコンサルティング二〇〇七年）という本を送って来てくれた。

こんな手紙を添えて。

「坪内さんが松原のオオゼキを小さな頃からご存知だとうかがっておりました」

その本にこうある。


昭和三〇年代、京王線下高井戸駅から東急世田谷線に乗ってひとつ目、松原駅の南側に、小さな商店が寄り添うようにできた市場があった。いまの「オオゼキ」松原店とは線路を中心に反対側の赤堤四丁目にあった。

大通りから市場の通路に入ると、右側に菓子屋、八百屋、魚屋があった。左側に、鳥屋、荒物屋が並らんでいた。

昭和三二年二月、「大関屋食品店」は、左側の鳥屋と荒物屋の間にぽっかり空いた七・五坪に入った。市場の通路のほかに、鳥屋の左側からも出入りできた。鳥屋を囲むような変形の乾物店だった。

菓子屋や八百屋、魚屋、鳥屋のことはこの連載で詳しく触れる（荒物屋の記憶は薄い）。「オオゼキ」がいまの場所、松原四丁目に移転したのは昭和三十八年五月、ちょうど私が幼稚園に入った頃だ。

最初の店舗の記憶もあるから、たぶんそれは私が四歳の昭和三十七年頃だろう。

今の「オオゼキ」は野菜や鮮魚そして食肉がメインだが、当時の「大関屋」は乾物が中心だった。

そして何故か浅漬けが記憶に残っている。

実際、『商景』に目を通して行ったら、こういう一節に出会った。

大関屋食品店は、浅漬けの先駆者だった。そもそも浅漬けという商品がなかった。古い野菜は、一切使わない。新鮮な野菜を、朝漬けて、夕方に漬け石を上げて、売り切る。浅漬けの噂が、お客さんを呼んだ。

私の母もよく「大関屋」で浅漬けを買っていた。私がいまだ浅漬けが好きな遠因はここにあるのかもしれない（私は時々、浅漬けの素でキュッキュッと浅漬けを作る）。こういう一節も懐かしい。

松原周辺は、高級住宅地だった。ただ、有名人、財界人の家があっても、まだ閑散としていて「ここが東京なの？」と疑うような寂しい感じが残っていたという。配達に行くと、どこから入っていいか分からないような広いお屋敷があった。特売に来てくれたお客さんは、たいがい配達になる。一回行くと、家も顔もすぐに覚えられたという。お手伝いさんとも顔見知りになった。

有名な俳優のおしどり夫婦、一世を風靡《ふうび》した流行歌手の家もお得意先だった。元新日鉄会長で、日商会頭の邸宅も近くにあった。

「有名な俳優のおしどり夫婦」というのは長門裕之と南田洋子のことだ。ただし二人が赤堤(私の実家から歩いて数分)の所に豪邸を建てたのは私が小学校三年か四年つまり昭和四十年代に入ってだ。その豪邸は当時『少年マガジン』に連載されていた永井豪のマンガ『キッカイくん』に出て来る家に似ていたので私たちは、キッカイくんの家と呼んでいた。

元新日鉄会長というのは永野重雄のことで、その孫は松沢小学校から麻布だったか教駒《きょうこま》だったか超一流中・高校を経て東大に入ったはずだ。

流行歌手というのは誰だろう。すぐに思い付くのは石川さゆりだが、彼女が『アクション・カメラ術』の著者(都立新宿高校の高校全共闘で坂本龍一の仲間だった人)と結婚して赤堤に越して来たのは一九八〇年代に入ってだ。

『商景』で見逃せないのは初期大関屋の苦戦を語ったこういう一文だ。「市場の入口に建っているお菓子屋は、毎日、お客さんで満員だった」

いずれ詳しく書くことになるが、これは、玩具屋も兼ねた「ももや」という店のことだ。当時松原商店街には「ももや」を含めて菓子屋が三軒あり、それに対して玩具屋は「ももや」しかなかったから連日子供たちで賑わっていたのだ(私も小学校時代週三回以上「ももや」に顔を出していた)。

十八年前に実家を競売で失なってしまったから、もう何年も松原界隈を歩いていない。最後に訪れたのは六年前だろうか。

いや、そのあともう一度訪れたが、松原駅横の喫茶店で「豊川《とよかわ》」というそば屋の御主人だったSさんに取材した時だ。

私は、新宿に行く時、世田谷線で下高井戸に出て、京王線に乗り換える。

だから世田谷線の沿線風景は相い変らずなじみだ。

一昨年、オヤッと思う風景に出会った。

赤堤通りとの踏切りの横に「オオゼキ」の仮店舗があったのだ。

今年に入って、その仮店舗に「四月十二日リニューアルオープン」という札が掲げられるようになった。

それならばこの連載の取材を兼ねて松原に出かけなければ。

ということで、寒い雨の日だった前日と打って変って春の陽気が心地良い四月十三日土曜日、若林から世田谷線に乗って松原に向った。

驚いたのは「オオゼキ」の大きさだ。

以前も大きかったけれどその倍ぐらいの広さがあるのではないか。

オープン最初の週末とあって凄い人出だった。出口と入口が別になっていた（オープン直後の混雑によるものか定期的なものなのかはわからない)。

私は人込みが苦手なので一部、つまり鮮魚コーナーしか見られなかった。

しかし、これまた凄かった。

様々な魚や海老や蟹が一匹丸ごと並らんでいるのだ。

青山の紀ノ国屋や広尾のナショナル麻布スーパーマーケットやバブルの時に新宿に出来たクイーンズ・シェフといった高級スーパーの鮮魚コーナーも知っている(た)けれど、それと同じくらいだ。いや、イカの種類やサザエの巨大さに関して言えばそれ以上だった。

「最後に訪れたのは六年前だろうか」と書いた。

私のこの「玉電松原物語」は十年以上前から構想されたものだ。

実家が取り壊される頃、駅前にあった「ももや」は弁当屋に変ってしまっていたけれど(実家の引っ越の荷物をまとめていた日の昼、私たち——私と妻と上の弟はその弁当屋でのり弁を買った——実家に残して行くことにした古い冷蔵庫から弟がマヨネーズを取り出し白身フライにかけているのがおかしかった)、駅をはさんでその斜め向かいにあった本屋(松原書房)はコンビニ(セブン‐イレブン)に変っていただろうか。平成に入っても残っていたのだが。

その松原書房も姿を消し、商店の数がすっかり減ってしまったことが、この「玉電松原物語」を書こうと思った一番の動機なのだ。

戦後つまり昭和三十年代四十年代五十年代の東京には、さほど規模の大きくない町にもちゃんと商店街があったことを証明しておくために。

玉電が廃止となり世田谷線として残されたのは昭和四十四（一九六九）年、私が小学校五年生の時だ。

その年に松原に登場した店があった。

「玉電松原物語」、当初はどこかの月刊誌で一回二十枚ぐらいの連載をやろうかと思っていた。

しかし『新潮45』や『小説現代』で別の連載を行ない、いつの間にか歳月だけが過ぎていた（その間『文藝春秋』や『本の雑誌』などに予告的文章を書きそれに反応してくれる人たちがいたというのに）。

だから、それでは書き下しで、と考え、その取材のために松原に出かけたのだ。

昭和四十四年に登場した店があった、と書いた。

驚いたのは、その店、洋食屋「ジュネ」がまだ営業していたことだ。

赤堤小学校五年六年の時の美術の先生はSさんだった。

そのS先生の親戚の店が松原に出来たというので、小学五年生のある日、母親と姉と弟たちとオープン直後の「ジュネ」に行ったのだ（S先生が送った開店記念の花輪が店頭に飾ってあった）。

「ジュネ」での私の定番はカツカレー（肥満児だったから大盛り）とハムサラダだった。

しばしば「ジュネ」を訪れた（小学生でありながら一人でも訪れた）から常連になった。

そして、ついには「ジュネ」から出前まで取るようになった（母の母が脳軟化症で藤沢の病院に長期入院していたので子供たちだけで夕食をとることも多かった）。

私の弟は社会人になって結婚し、実家を離れても時々一人で「ジュネ」にやって来てカツカレーを食べていたという。

そこまでではないけれど私も「ジュネ」のカツカレーが懐しい。

「ジュネ」に入って私は久し振りでカツカレーを食べようと思ってカウンター席に坐った。

昔はなかったアルバム式のメニューが置いてあった。

パラパラめくっていったら、カレーとカツカレーの写真に大きく×がついていた。

その店は厨房を御主人、接客を奥さんが担当し、奥さんに、カレーはなくなっちゃったんですか？　と尋ねたら、ええ、半年ほど前に、と返事が来た。体力的にカレーの仕込みが出来なくなったんです。

見ると、たしかに御主人はかなりふけていた（それに対して奥さんはあまりかわっていない)。

壁に張ってあったメニューを見たら、その日のランチはハンバーグ・ライスだった。ハンバーグ・ライスはカツカレーの次に好きなメニューだ。

迷わず注文した。

昔と変らぬ味だった。

嬉しかった。私は「ジュネ」に間にあったのだ。

実際、その一カ月後、「ジュネ」はシャッターを閉じた。

ところが、またそのひと月後ぐらい、「豊川」のSさんが、昼限定だけど「ジュネ」が復活したと教えてくれた。

たしかに世田谷線の窓越しに覗くと昼間の「ジュネ」は営業していた。

よし、またランチを食べに行こう。

と思っていたら、本当に閉店してしまった(その理由は長くなるから書かないしいまだよく理解出来ないでいる)。

四月十三日土曜日、松原を訪れた時、「ジュネ」の跡地を覗いたら中華になっていた(居抜きで借りたか買われたのだろう四人席二つとカウンターというレイアウトは「ジュネ」時代と変っていなかった——つい入ってしまおうかと思った)。

松原にはあと二軒、「好友軒」と「光竜」という中華がある。

その内、古いのは「光竜」だが、古いといっても出来たのは私が大学生の頃つまり昭和五十年代だ。

かつての経堂の駅ビルの裏に「光竜」の一号店があった（ここで配達のバイトをしていたのが前回登場したW君だ）。その「光竜」が大繁昌したので弟が松原に二号店を出したのだ（その二号店でバイトしていたのがW君の弟だ）。

四月十三日、松原駅から実家跡、赤堤小学校を経て経堂まで歩いた。

驚いたのはマリア幼稚園の桜が一本もなかったことだ。それに対して我が実家だった所の隣の家そして赤堤の地主Oさんの桜は見事に巨大な古木になっていた（古木でありながら立派に花が咲いていていた）。

経堂の駅ビルは高さは以前より低くなっていたが、奥に伸びていて、「光竜」の一号店は見つからなかった。

そうそう、赤堤小学校は八重桜が綺麗だった。

第三章

サヨウナラ「遠藤書店」

この連載の担当は本誌（『小説新潮』）編集長のＵＫ君（Ⓒ山口瞳）こと江木裕計さんだ。そのＵＫ君からぜひ一度松原界隈を歩いてみたいというリクエストがあった。ちょうど平成から令和に変わる十連休の時期だ。

ＵＫ君が調べたら、悪天が続く中、四月二十八日日曜日は好天の予報が出ているというので、その日の二時に京王線の下高井戸駅の改札を出て、すぐ右側にある本屋で待ち合わせることにした。

何故下高井戸かと言えば、駅のすぐ近くにある超ディープな店で昼食を取り、その後まず前回触れた松沢小学校を案内し、「公園通り」という名の通りを進み、これまた前回触れた赤松公園をチェックし、松原駅へというコースをたどりたかったからだ。

超ディープな店とは「さか本そば店」のことだ（以下「さか本」と略す）。

「さか本」は私が初めて入った頃（今から五十年近く前）と店内の光景が殆ど変らない。

小さな店ならそれもありかもしれないが、「さか本」は百名近く入る（入口の所に、「店内は広くゆったりとしていますので自由におくつろぎ下さい」という札が立てられている）。

百名近く入るが、従業員は五名足らずだから（厨房は覗けないけれど多くても二人だろう）、十人いちどきにやって来てオーダーしたら天手古舞いになってしまう。

「さか本そば店」と名乗っているものの、「さか本」は日本そばはもちろん、中華そば、そしてごはん物もすべておいしい。

すべて、と書いたが、私がいまだチャレンジしていない、ごはん（どんぶり）物のメニューがある。

それは「さか本丼」だ。下高井戸を本店とする「さか本」は私が確認しているだけで二店の支店を持っている。

それは京王線八幡山《はちまんやま》店（大宅文庫に行く途中にある）と同じく京王線の武蔵野台の駅前店だ。そのどちらの店の店頭にも「さか本丼」のサンプルが飾ってある。

これが実にアヴァンギャルドな代物なのだ。

つまりどんぶりの半分が天丼で、もう半分がかつ丼なのだ（境界の部分はどうなっているのだろう）。

四月二十八日の昼、UK君には私お勧めのカレーライスを、そして私は好物の冷しきつねそば（一年中やっている）を食べることにした。私は「さか本」で基本的に、カレーライス、ハンバーグ定食、冷しきつねそばの三本柱をローテーションに廻して行く（時にそれがおかめそばや五目中華そばや冷し中華そばに変ることもあるが)。

カレーライスをひと口食べた時、UK君の表情が止まった。

食べたことない味でしょ、と私が言ったら、UK君は、ハイと答えた。

実際「さか本」のカレーライスは、見た目も味も普通のようだが、どこのカレーの味とも似ていない。やみつきになる味だ。肉はぶたバラで、つまり薄いのだが不思議な存在感がある。

これをつまみにウィスキーソーダを飲んだらいくらでも酒が進みそうだ(しかし「さか本」にはビールや日本酒、焼酎はあるけれどウィスキーはない——「さか本」は居酒屋ではなくあくまでそば屋なのだ)。

「さか本」にはジャイアンツおじさんと私が呼んでいる出前持ちのおじさんがいる。

ジャイアンツのキャップ(昔おもちゃ屋で売っていたようなやつではなく正式の)をいつもかぶっている。

いつも、というのは私が初めてそのおじさんを知った小学生の頃からだ。

野球少年だった私はしばしば水道橋の後楽園球場にプロ野球を見に行った(東京ドームができるはるか以前のことだ)。

パ・リーグの東映(のち日拓、現日ハム)戦かセ・リーグの巨人戦だったが、その巨人戦の時によくジャイアンツおじさんを目にしたのだ。

それからこれはもう私が成人してからのことだが。

プロレス少年でもあった私は後楽園ホールや東京都体育館でプロレスを見た。

しかし大学生になった頃には、テレビ観戦は続けていたものの生では見に行かなくなっていた。

その例外が、一九八二年二月に東京都体育館で行なわれたジャイアント馬場とスタン・ハンセンの初対決だ。

初対決というのは、本来ハンセンはアントニオ猪木の新日本プロレスのリングに上っていたのだが、猪木が馬場の全日本プロレスからアブドーラ・ザ・ブッチャーを引き抜き、その報復として馬場がハンセンを引き抜き、この対決が実現したのだ。

プロレスは、かつて私が信じていたような真剣勝負ではないと知りつつも、馬場はハンセンに壊されてしまうのではないか、とドキドキしながら一階席の前売り券を買ったのだ。

会場に入り、前座試合が始まった時、私は、オヤッと思った。

私の三列か四列前にジャイアンツおじさんがいたのだ。つまり私とジャイアンツおじさんは関心領域が重なっていたわけだ。私もジャイアンツのキャップをかぶろうかと思った。

私が小学生の頃、ジャイアンツおじさんは五十歳近くに見えた。ということは三十七、八歳年上なのだろうか。

私がまた「さか本」に通い始めるようになったのは二十一世紀に入ってだが、ジャイアンツおじさんは以前と変らなかった。年齢は八十歳近いというのに。

そのジャイアンツおじさんの姿が、半年ぐらい前から、「さか本」で見えなくなった。ついに倒れたのか（それとも亡くなったのか）と私は思った。

UK君と「さか本」に行った日、冷しきつねそばを食べ終え、お手洗いに行こうとしたら、入口付近の席にジャイアンツおじさんがいた（店内は広すぎて私たちの席からはその席は見えなかったのだ）。おいしそうに缶コーヒーを飲んでいた。もちろんジャイアンツのキャップをかぶって。

私は幸福な気分で店をあとにし、UK君に松沢小学校を見せたのち、公園通りを歩いた。まだ残っている店や消えてしまった店をUK君に説明しながら。

まだ残っていても店名を変えてしまった店もある。例えば「エスポワール」というパン屋はかつて「みすずベーカリー」という名前だった。

というと、今どきの世田谷によくありがちなオシャレ系パン屋に変ってしまったのかと言えば、私の好きだった惣菜系パンもたくさん健在だった。

世田谷線の沿線界隈は下高井戸だって松原だって山下だって少しもオシャレではない。

だからここ数年、松陰神社《しょういんじんじゃ》界隈がどんどんオシャレになって行くのが不思議だ（数年前、銀座に本店のある松崎煎餅の支店が出来た）。

　赤松公園を右手に見て、いよいよ松原界隈。

　駅横の「ももやビル」がかつて「ももや」のあった場所で、弁当屋（「オリジン弁当」）になったのち最近トンカツ屋に変った（もしカツカレーがあったら、前回カツカレーの思い出を語った洋食屋「ジュネ」の向いに位置するから「ジュネ」の追想のためにいつの日かカツカレーをと思ってメニューをチェックしたけれどなかった）。

　線路を渡って「オオゼキ」に行く前にその向いにあったそば屋「豊川」を覗く。閉っているもののガラス戸越しにノレンが掛けられているから「中休み」なのかとカン違いしそうだが、「カッポレ教室毎週開催中」といった張り紙があるから完全閉店だ。もと学研の編集者だったという「豊川」の御主人のSさん以前色々お話しを聞かせてくれてありがとうございました。いよいよ「玉電松原物語」の連載が始まりました。

「オオゼキ」の店内を見てUK君は驚いていた。

　その広さ、高級感はもちろんであるが、実は値段がとても安いことに。

　前回魚介類の種類の豊富さに触れたが値段のことを書きそびれていた。安いのだ、本当に。

「オオゼキ」の思い出はこののち詳しく書くとして先を急ぐ。

ももやビルと旧「ジュネ」の間の大通りを赤堤五丁目の方に向って最初の信号の角（以前はそこに「オバタ薬局」という薬屋があった）を左に曲ると肉屋と自転車屋があったが、当然今はもうない。その中で残っているのが「シルバー」という床屋と「青木国林堂《あおきこくりんどう》」という文房具屋だ。「青木国林堂」は「ジュネ」の少し前、一九六七年か六八年に出来た新しい店だ（「新しい」と言ってももう半世紀以上の歴史を持っているわけだ）。「青木国林堂」はその名の通り書道関係さらには油絵用の画材をあつかっているのだが、いちおう文房具屋にしておく。

ここで不思議なのは文房具屋の存在だ。

本屋や玩具店や菓子屋は駅前商店街から消えてしまったのに、文房具に関しては、経堂にしろ下高井戸にしろ私が少年時代から知っている店がまだ残っている。何故だろう。

その「青木国林堂」を左に見て、向いの道を右折し、まっすぐ行くとマリア幼稚園。さらにまっすぐ行くと、西福寺通りにぶつかり（その先の路地の所に私の実家はあった）、左折し、しばらく歩いた角を右折し、まっすぐ行くと、右側がかつて四谷軒牧場があった場所だ。

そして赤堤小学校に出て、裏にまわると都営団地があり、その団地の中に小学校の低学年時代の私たちがよく手打ち野球（ハンドベースボール）を行なった山下西公園がある（今では公園のまん中に大きな木があってとても野球なんか出来ないけれどこの五十年でそこまでの大木に成長したのだろうか）。

ふたたび西福寺通りに出て経堂駅方向にむかう。

駅が近づいて来た所で右折し、すぐに左折。なだらかな坂を登って行くと、右側に、数カ月前に店を閉じてしまった鰻屋（毎年土用の丑の日にはあえて臨時休業する所にその店のプライドがうかがえた）。しかしその先、これまた私の少年時代からやっている右側の中華と左側の煎餅屋は健在だった。

そして、すずらん通りにぶつかって右折、あとはずんずん歩いて行く。

これは四月十三日土曜日に歩いたのと同じコースだ。

実は、ずんずん歩いて行ってUK君に見せたいお店があったのだ。

それは「遠藤書店」という古本屋だ。

理由はそれだけではなかった。

四月十三日にも「遠藤書店」に入り、相い変らず魅力的な棚だなと思っていたら、便意をもよおし、中途で店を飛び出し、駅ビルに向かい、用をたして、ふたたび「遠藤書店」にもどらなかったのだ。だから改めて棚をじっくりと眺めたかったのだ。

私が「遠藤書店」にはじめて足を踏み入れたのは小学校五年生か六年生の時で、一番頻繁に通ったのは大学生時代だ。

「遠藤書店」が特別の古本屋であると知ったのはいつのことだろう。

二〇〇七年秋、世田谷文学館で「植草甚一　マイ・フェイヴァリット・シングス」という展覧会が開かれ、その時会場で、「J・J気分で経堂散歩」という副題のついた『J・JMAP』という経堂駅界隈の地図が無料で配布された。

その地図に「遠藤書店」も載っていて二代目御主人遠藤晃一郎さんがこう語っている。

「最初は（値段を）まけろ、まけろとうるさいおじさんだなあと思っていました。後に黙っていても一割まけるようにしました」。そして、「J・J氏が購入しそうな洋雑誌を取り置きしておくこともあったという」。

植草甚一は何種かの日記が公刊されていて、その内一九七〇年のものは『植草甚一読本』（晶文社一九七五年）に収録された。

「遠藤書店」も何回か登場するけれど、初読時に高校二年生だった私はそれを見落としていた。

むしろ重要なのは植草甚一の著作集（スクラップ・ブック）の月報として連載され、のちに『植草甚一コラージュ日記①』（平凡社二〇〇三年）としてまとめられる一九七六年の日記だ。

一九七〇年と一九七六年の植草甚一は決定的に違う。

一九六六年に植草甚一は赤堤二丁目から経堂三丁目に引っ越す。晶文社の編集者だった津野海太郎が植草甚一のもとを訪れたのもこの家の時だった（『したくないことはしない　植草甚一の青春』新潮社二〇〇九年）。


駅前の商店街から二度ほどまがった角にある古い板塀にかこまれた意外に大きな平屋。せまい玄関からのびる薄暗い廊下の両側に畳敷きの和室がならび、左側の二部屋に和洋の雑書が天井まで山積みになっていた。もちろん廊下も本の山――。

この大きな家のすぐ横を小田急が通っていた。「庭のなかを電車が走っているとしか見えない」。

しかしこの「大きな家」を植草甚一が自前で借りられたわけではない。「友だちの会社の寮なんです。留守番をかねて期限つきでタダで借りてるんです」と植草甚一は津野海太郎に語ったという。

植草甚一が自らの金で家を借りられる余裕が出来たのは津野海太郎らの編集による晶文

社の本によってブレイクしてのち、つまり一九七〇年代に入ってだ。

一九七一年、経堂駅前のOXストアがリニューアルオープンし、それに隣接してショッピングセンターとその上の小田急経堂アパートが完成した。

当時中学一年生だった私はその時のことを良く憶えている。

リニューアル前のOXはカマボコ形の普通のスーパーだった。

むしろ駅の反対側に建っていた経堂ストアの方が近代的、デパート的だった。

それが大きなスーパー及びショッピングセンターに生まれ変ったのだから（二つ合わせてたしか「ジョイフル」と言ったと思う）。

経堂駅の反対側には「キリン堂」という老舗書店があって、その棚並びは充実していたが、ショッピングセンター二階の「レイク・ヨシカワ」（オーナーは吉川英治の息子さんで自らレジに立っていた）の棚はさらに輝いていた（私が生涯で一番好きな新刊書店かもしれない）。

その小田急経堂アパートに植草甚一が引っ越して来たのは一九七三年のことだ。

つまり、ぐっと「遠藤書店」に近くなった。

実際、一九七六年の日記には頻繁に遠藤書店が登場する。

『植草甚一コラージュ日記』には有り難いことに索引が付いていて、「遠藤書店」は二十二回も登場する（新刊・旧刊書店を合わせてこれは最多だ）。

一九七六年一月末、池袋の西武デパートで「植草甚一ワンダーランド展」が開かれた。その初日（一月二十三日）に顔を出し、池袋駅近くの古本屋で三冊買い、「経堂へ帰ったとき遠藤古本店をついでに覗いたらロナルド・サールの漫画がたくさんはいった珍しい本が千円であった。きょうの最後の掘り出し物。面白かった一日」。

私が「遠藤書店」に通い始めた頃、店番は主に先代（初代）かその奥さんがやっていた。三月四日のこういう一節は初代のことだろうか、それとも二代目（晃一郎さん）のことだろうか。「遠藤まで出かけて古本六冊（二七〇〇円）ぼくの古本が二冊あったのでサインしたら、まえのコーヒー店で注文してくれると、すぐ出ていった」。

しかし、四月十日の、「二時ごろ遠藤まで行ったらニューズウィークのバックナンバーで最近のが七冊あった」、だとか、五月二十九日の、「遠藤書店によったら『タイム』のあたらしいバックナンバーが十二冊あった。いつもどおり二〇円だからいい」という部分は晃一郎さんの配慮によるものだろう。

ところで、植草甚一を特別な人と認める人は多くいたけれど、中でもこの一人と言われれば、私は都筑道夫をあげる。

だから、彼の『推理作家の出来るまで』（フリースタイル二〇〇〇年）に目を通していて、ある一節に出会った時、私は、えっ、と声を上げそうになってしまった。

それは下巻の三百七十一頁に登場する。

昭和二十六年当時、都筑氏は中野の新井薬師の近くに住んでいた。

駅のわきの踏切をわたると、薬師さまへいく大通りの最初の角ちかくに、遠藤書店という古本屋があった。駅前にも一軒、古本屋があって、これはいかにも古本屋らしい店だったが、遠藤書店のほうには、ごく新しい本がならんでいた。新刊書が安く手に入るので、私はしばしば、ここを利用した。

ところがいつの間にか「遠藤書店」は店じまいしてしまった。

小十年がたって、早川書房の編集者になった私は、世田谷区経堂の村上啓夫さんの家をたずねた。帰りがけに、商店街のとちゅうの古本屋を、なんの気なしにのぞくと、店主の顔に見おぼえがあった。むこうも、おやっという表情になった。そこが、遠藤書店の移転さきだったのである。ぼくをおぼえていますか。ええ、おぼえていますとも。しばらくでした、といった挨拶があって、いろいろ話をした。

経堂の「遠藤書店」で植草甚一と都筑道夫が偶然顔を合わせていたかもしれないと考えただけで私はワクワクする。しかもそれを中学生だった坪内少年が目撃していたなら（もっとも中学生の私は植草甚一の顔はともかく都筑道夫の顔は認識出来ていなかったのだが）。四月二十八日の午後四時頃、「遠藤書店」に入ろうとしたら店内はひどく混んでいた。四月十三日の時はいつもと同じぐらいの混み（隙《す》き）具合だったから、やはり十連休の影響なのだろうか、と思って店の中に入ったら驚いた。閉店二割引きセールを開催していたのだ。「六十七年間の御愛顧に感謝します」と張り紙が至る所に張ってあった（六十七年というのが、新井薬師時代から数えてと知る者は何人ぐらいいたのだろう——私自身『推理作家の出来るまで』に目を通すまでそのことに知らないでいた）。

この時とばかりたくさんの本をかかえる「火事場ドロボー」の人が目についたが、私はそういうはしたないことはやりたくない。

だから一冊に絞ることにした。

そして選らんだのがアナール派の歴史家フィリップ・アリエスの自伝的エッセイを集めた『歴史家の歩み』（法政大学出版局一九九九年）だ。

アリエスは私の好きな歴史家でその邦訳も二、三冊持っているが、この本を持っていたかどうか忘れてしまった。

しかし定価四千三百円が古書価千円で、その二割引きで税込み八百六十四円だから、迷わず購入した。購入する時にレジの所で、いつで閉店になるのですかと尋ねたら、三十日ですと言われた。そうか平成と共に「遠藤書店」は幕を閉じるのか。ＵＫ君のおかげでその最後に立ち会うことが出来た。

翌日、その本を開き、まず、「子供と街、市街から反市街へ」から読み始め、最初の一行で目が止まってしまった。「昔、子供はその両親と一緒に、または両親なしに、ごく自然に都市空間の中にいた」。

実際、かつての松原、下高井戸、そして経堂はそういうマチだった。それらのマチで少青年時代の私は育てられ、その中に「遠藤書店」もあったのだ。

第四章

松原書房、「安さん」、そして切手ブーム

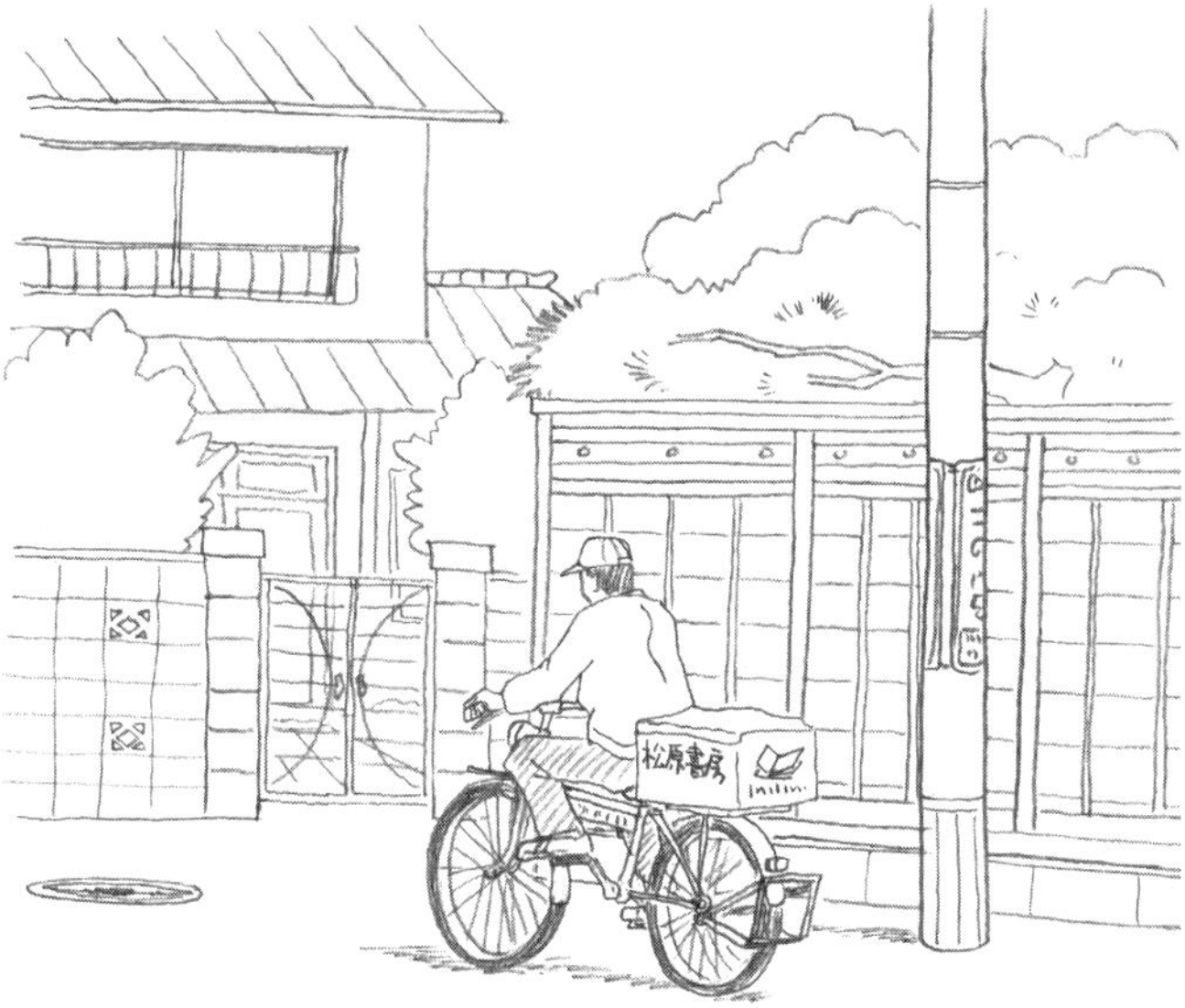

三軒茶屋駅前のキャロットタワーに行ったら、三階の「生活工房ギャラリー」で「世田谷線にのって展」をやっていた。サブタイトルに「祝!世田谷線50周年」とあるように世田谷線が生まれてちょうど五十年なのだ。

というより、一九六九年五月に玉川線(玉電)が廃止され、世田谷線へと変ったのだ。その年の五月の初め、玉電の廃止に合わせて、花電車を走らせ、私の誕生日である五月八日も走ったという。

その時私は小学校五年生つまり十一歳の誕生日だが、花電車のことはまったく憶えていない。

渋谷の東急文化会館の最上階にあった「五島プラネタリウム」が好きだった。毎月テーマが変わるから、小学校四年、五年、六年の時、ほぼ毎月のように通った。

そしてそのあと、その近くの美竹《みたけ》公園内にある児童会館の中二階にあった森永のレストランで昼食をとる。

それが私の「鉄板」のコースだった。

いつも私は玉電松原駅から玉電に乗って渋谷に出ていたのだが、ある時からバスを利用するようになった（梅ヶ丘駅を経出するバスで「松見坂上」のバス停を越えるといよいよ渋谷だと思ったものだ）。時間的には京王線と井の頭線を乗り継いだ方が早いのだが、そのコースはあまり好きではなかった。

そうか小学校五年の四月までは玉電を利用し、それからバスに変えたのか。当時はまだ246《ニーヨンロク》の上を高速道路が走っておらず、見晴らしが良かった（だから玉電で渋谷に行くのが好きだった）。

世田谷線が出来て五十年ということは、玉電を知る、私が最後の世代だろう（その私だって六十歳を過ぎたのだ）。

渋谷までの路線が廃止されてしばらく私は玉電を利用しなかった。

松原の隣の駅山下に小さな本屋があった。

小田急線の豪徳寺駅の改札が変って、以前よりも三茶寄りになってしまったが、下高井戸寄りの頃（たぶんもう二十年以上前）は小田急線の改札に向かう細い道は一つの商店街をなしていた（今でも残っている）。中華をはじめとする食べ物屋、果物屋、そして古本屋まであった。

その一つに小さな本屋があったが、ある時驚いたのは、その書店は発売日が早いのだ。

週刊誌は一日前、月刊誌なら二日前だ。

少年時代の私は毎週その店で少年マンガ誌を買った。

ただし玉電は使わなかった。自転車少年だった（小学校四年生にして二十六インチの自転車に乗っていた）から自転車で買いに行ったのだ。

数年前にあるパーティーで作家で装幀家の吉田篤弘さん（区立赤堤小学校の後輩で山下に在住）と立ち話ししていたら、その本屋がまだ健在で、しかも相い変らず発売日より早く雑誌が買える、と聞かされ、えっ、本当に、と思わず声を出してしまった。

山下にはメインの商店街の所にも本屋がある。やはり私の少年時代から続いている店だ（かつては中二階の部分に岩波文庫が並らんでいて壮観だった）。入口前のラックには週刊誌をはじめとする雑誌が差してある。ごくありふれた光景だ。

ところが……。

それらの雑誌に混って『週刊読書人』と『図書新聞』という書評紙が並らんでいるのだ。それらの二紙は都心の大型書店ならともかく、中規模書店でも扱っていない。

この二つの書店があるだけで、山下は、TSUTAYAのある三軒茶屋や啓文堂のある下高井戸よりも文化レベルが高いといえる（上町《かみまち》駅と世田谷駅の間、世田谷通り沿いにやはり町の普通の本屋が残っていてバスやタクシーでその横を通るたびに一度は覗いて見たいと思っているのだがまだ果せていない）。

あれは三年、いや四年前だったろうか。私は私の仕事場から一番近い新刊本屋を発見した。

仕事場の住所は三軒茶屋二丁目で、環七に面している。最寄り駅は世田谷線の若林だ。世田谷通りを渡って三茶方向にむかい、しばらく歩き、左折する。

そして世田谷線の踏み切りを渡り、直進すると神社にぶつかる。その神社で「水族館劇場」というアングラ劇団が芝居をやった。

その芝居を見に行く途中、右側に小さな書店があったのだ。品揃えは良くない。しかし若林駅からもその隣の西太子堂《にしたいしどう》駅からも歩いて五分はかかる不便な場所（まわりに商店は一軒もない）で、よく続いているものだ、と不思議に思った。

今仕事場として使っている場所に引っ越してきた頃、三十年ぐらい前は若林にも新刊書店があった（とても感じの悪いオバさんがいた）けれど二十年以上前につぶれた。

それから上町駅の近くにも二軒（どちらもそれなりのレベルだった）があったけれど、十年ぐらい前につぶれた（上町と言えば、徒歩七〜八分ぐらいの所にある「さくら通り商店街」にあった古本屋「林書店」はまだあるのだろうか）。

さて、「玉電松原物語」だから、当然、松原駅前にあった「松原書房」についてふれなければ。

駅前、今はセブン‐イレブンになっている。

初めて「松原書房」に行ったのはいつだろう。

幼稚園の時に買っていた雑誌（『たのしい幼稚園』だとか講談社のディズニー雑誌）は幼稚園で販売されるのを購入した。小学校の時に購入した学研の『科学』と『学習』のように（学研の学習誌は普通の書店に並らんでいなかったけれど『たのしい幼稚園』やディズニー雑誌は何故だろう――書店が訪問販売にきてくれたのだろうか）。

当時、定期購読誌を本屋さんが各家庭に届けてくれるのが一般的だった。

「松原書房」には配達員（もちろん配達だけでなく店頭にも立つ）が二人いた。

一人は「顔デカ男」。

もう一人は「安《やす》さん」だ。

「顔デカ男」というのは顔がデカいから、そのまんまのアダナを私が付け、我が家で皆（姉弟だけでなく母親まで）、そう口にしていた。彼は車（小型車）で本や雑誌を配達していた。

一方の「安さん」は自転車を使っていた。

「安さん」については書くべきことがたくさんある。

いや、実際に書いたこともある。

大学院は出たものの、職に就くことがなかった第一次ニート時代（二十代の終わり）だ。編集者志望だった私は就職試験に落ち、卒論の指導教官だったM先生の勧めに従って英米文学の大学院に進んだ。

M先生は私をヒイキにし、大学の専任に残そうと画策し、それを嫉妬する人たちもいた。そういう雰囲気に私は耐えられなかったし、大学の教員たちの腐り具合がイヤだった。だから私は修士課程を終えた所で博士に進むことなく、アカデミズムとの縁を切った。編集者の道も学者の道も絶たれた。

となると予備校講師だ。私のゼミはM先生の方針で予備校で教えることは禁止されていたけれど、他のゼミ生は予備校で教える者もいた（高額の時給をもらっていた）。

私は四つか五つ、採用試験を受けたが、すべて落ちた。

ショックだったのはZ会（渋谷にあった）の試験に二年連続で落ちた時だ。二年目の英語（英文和訳）の試験の時、この単語とこの単語の意味がわかれば訳せるのに、と思っていて、デジャヴのように記憶がよみがえって来た。

去年も同じ事を考えていた。つまりまったく同じ問題が出題されたのだ。去年の段階でわからない単語を調べていれば出来たのに。

予備校講師に私は向いていないことを覚った。

となると、残された道は？

文筆だ。

読書量に自信はあったから書評は書けると思った。しかし、いきなり、たのもう、と言ってなれるわけではない。

なれるのは作家だ。つまり新人賞に応募すれば良いのだ。

私はそれまで作家になりたいとまったく考えていなかった。小説を書いたこともなかった。

だが、背に腹は代えられない。

そして、「玉電松原物語」と題する七十枚の短篇小説を仕上げて、『新潮』新人賞に送ったのだ。

その書き出し部分を記憶に従って引く。


本屋の安さんはいつも人民服を着ている。人民服といったって本物のではない。ただ忠三（主人公の名前――引用者注）の眼にそう見えるだけだ。

安さんの御自慢は三船敏郎と同い年であることだ。そのことを聞いた時忠三はひどく驚いた。なぜなら安さんの方が三船敏郎よりひとまわりは年上だと思っていたから。

安さんは自転車で本を配達する。安さんの乗るその自転車はキーコ、キーコと音をたてるが、それが安さんに似合っている。


このあと安さんが近くのそば屋でカツ丼をおいしそうに食べる所や、忠三がコイン入れ（一円から百円まで年度ごとに分けられていて記念コインも含まれている）を安さんから買った時、安さんが一ケタ安く間違え、忠三がシメシメと購入したことなどがつづられて行くのだが、一次審査にも通らなかった。

それはそうだ、まったく『新潮』向きではない。

当時私は文芸誌しかチェックしておらず、短篇で応募出来るのは『群像』でも『文藝』でも『文學界』でも『すばる』でもなく、『新潮』しかなかったのだ。

今読むと「玉電松原物語」は文芸誌ではなく小説誌向きだ。だから、この連載は、三十年目にしてようやく所を得たといえる。

「安さん」がレジにいる時、欲しい本を尋ねても役に立たない。

ある時、母親から、『オール讀物』買って来て、と頼まれ、「安さん」に渡された雑誌を持って帰宅したら、母親に、何よ、これ、と驚かれた。

それは『オール讀切』という官能小説誌だった。

それから、これはもう私が大学生になってからだが、『文藝春秋』に連載されていた哲学者田中美知太郎《みちたろう》のコラム「巻頭随筆」が同名タイトルで単行本化され松原書房に買いに行ったが見当らなかった（松原書房は新刊の平積コーナーというものがなかった）。

店にいたのは「安さん」だけだった。

たよりにならないだろうと思って、いちおう尋ねたら、日本地理の本はあそこに並んでいるだけ、と言って、あるコーナーを指さした。

つまり「安さん」は『巻頭随筆』を『関東随筆』とカン違いしていたのだ（となると、まんざら馬鹿でないぞ）。

表記上「安さん」の言葉使いを普通にしているが、「安さん」の発音は不明瞭だった（例えば「いらっしゃいませ」も「安さん」が言うと「いらっちゃいまちぇ」になった）。

これは都市伝説だったと思うが、戦争に行くまで「安さん」はハンサムでクレバーだったという。

しかし戦地（中国大陸）で地獄を見、帰国した時は別人になっていた（村上春樹の父親どころじゃない）。

先にも書いたように「安さん」は三船敏郎と同い年。大正九（一九二〇）年生まれだ

（ついでに言えば私の父も同い年）。

　ということはあの頃「安さん」はまだ四十代だったのだ（信じられない）。

「安さん」が何故松原書房で働いているのかは謎だった。

松原駅前のセブン‐イレブンをチェックすればわかるように松原書房はさほど広いスペースでなかった。

　しかし店の三分の二が書店で、残りの三分の一は文房具屋だった（私が小学校高学年の時に青木国林堂が出来るまで松原駅界隈で唯一の文房具屋だった）。

　そのスペースに店主夫妻、「安さん」、「顔デカ男」、それから女店員が常に三人ぐらい働いていたのだ。

　店主夫妻、と書いたが、奥さんが地元の地主一族の関係者で、旦那はいわばその入り婿のようなものだった。

　しかも彼は女癖が悪かった。

　奥さんはなかなか美しい人であったのに、彼は次々と女店員に手を出した（それは子供だった私にもわかった）。だから何人も女店員が入れ代ったのだ。

　三年か四年前に彼は亡くなったが、さらにその数年前、この作品の取材のためにセブン‐イレブンを訪れたら、隣りのタバコ屋（そうかそのスペースも松原書房だったのだ）に夫妻がいて、車椅子に乗った彼の横に立つ奥さんが、ニコニコしながら私に対応してくれた。すべては時が解決してくれたのだな、と私は嬉しくなった。

小学生の時は週二回か三回は松原書房を覗いた。

私は大のマンガ少年だった（日本一と自負していたこともある）。

週刊少年マンガ誌は途中から山下の小さな本屋で買うようになったが、月刊少年マンガ誌は松原書房で買っていた。

『少年』（光文社）、『少年ブック』（集英社）、『ぼくら』（講談社）、『少年画報』（少年画報社）、『冒険王』（秋田書店）、『まんが王』（秋田書店）と、当時月刊少年マンガ誌は六誌出ていたが（ただし『少年』と『少年ブック』は途中で廃刊し『ぼくら』は週刊の『ぼくらマガジン』となる）、そのすべてを松原書房で購入していた。

さらにその頃、秋田書店のサンデーコミックスや虫プロの虫コミックスといった少年向けのコミックスが登場し、それも毎月平均十冊近く購入した。だから、あっという間に百冊を越え、私の家にコミック専用の本棚を作り、友人たちに貸し出したので、とても喜ばれた。

私の自慢はつげ義春の「ねじ式」を初出で読んでいることだ。

つまり『ガロ』一九六八年六月臨時増刊号を新刊で買ったのだ。

この少し前（水木しげるが表紙を描いた号）から『ガロ』を購入するようになったのだ。こんなハイレベルのいわば芸術誌を子供が気軽に手に取れたのだから、当時の町の普通の本屋は素晴らしい文化発信基地だった（つまりネット時代の今よりずっと豊かだったのだ）。

松原書房の向かいに郵便ポストがあって、当時、夕方になるとその横に焼き鳥の屋台が出た。私は時々そこで焼き鳥をつまんだ（あのチープなタレのおいしさが忘れられない）。「ねじ式」の載った『ガロ』を買った日もその焼き鳥を食べた気がするが、それは、記憶が錯綜しているのかもしれない。

私が小学校五年だった昭和四十四（一九六九）年の五月、『広辞苑』の第二版が刊行された。

それを松原書房で購入したのだが、レジにいたのは奥さんで、まぁ偉いわね、ウチの子（私と似た年頃の息子さんがいたのだ）も見ならってほしいわ、と言われた（実は私は自発的にではなく父に命じられて買ったのだ）。

買い取り式である岩波文庫は並らんでいなかったけれど岩波新書のコーナーはあった（高校の時の地理の授業で指定された一冊を購入したし、やはり高校の時ある週刊誌の記事で興味を持った富士正晴の『中国の隠者』も購入した）。

岩波文庫はなかったものの新潮文庫や角川文庫は並らんでいて（講談社や中公さらには

文春が文庫に参入するのは私が中学高校に入ってだ)、当時の両文庫は日本近代文学が充実していて、さらに新潮文庫は外国文学もレベルが高く、松原書房の文庫本コーナーを眺めているだけで私は文学史の知識を習得していった。

これは中学に入ってからだが、松原書房の旺文社文庫(当時同文庫は黄緑色で箱に入っていた)のコーナーでプラトンの『ソクラテスの弁明・饗宴』を抜き、スノッブな気持ちで通読したけれど(その読書の折々の風景はよく記憶している)、殆ど理解出来なかった。ようやく理解出来るようになったのは大学に入った頃だ。

その旺文社文庫の『ソクラテスの弁明・饗宴』はまだ私の本棚にある。

高校に入った頃、吉行淳之介や安岡章太郎ら、いわゆる〝第三の新人〟のエッセイを愛読していたが、その文庫本(主に角川文庫)も大半は松原書房で購入したものだ。

松原書房はいつまであったのだろう。

平成に入っても続いていた。

私が『東京人』の編集者をやめたのは平成二(一九九〇)年の九月で、そのあと時々実家に顔を出し、そのたびに松原書房に顔を出すのが楽しみだった。

そうだ、思い出した。

マンガや文庫本と並らんで私がよく松原書房で購入したのは記念切手だ。

もっともこれは書店コーナーではなく文房具コーナーだ。

記念切手ブームは戦後二度あった。

一度目は団塊の世代が少年だった頃。

丸の内の中央郵便局を建て変えようとした時、それに反対して、鳩山邦夫がその場所まで出向き、オレたちの少年時代の夢をこわすな！　と叫んでいたテレビ映像を憶えている人もいるだろう。鳩山ブラザーズは第一次切手ブームにどんぴしゃな世代なのだ（そういえば昭和二十一年生まれの私の従兄《いとこ》も見事な切手コレクションを持っていた）。

それに続く、東京オリンピック以降の第二次切手ブームにどんぴしゃなのが私たちの世代だ。

私たち、というのは私と、例えば泉麻人さん（昭和三十一年生まれ）。

やがてデパートの切手売場や南新宿にあった郵趣会館などにも足を運ぶようになるが、最初に記念切手に出会ったのが文房具屋、私の場合で言えば松原書房だった。

それらの店での記念切手は独特の売り方があった。

その売り方を知っている人は、そうそう、と同意してくれるだろうが、知らない人に説明するのは難しい。

B４判ぐらいの紙に三十枚ぐらいのビニール袋が張りついている。袋の頭は閉じてあり、中に切手と値段表が入っている。

そのＢ４の紙十枚ぐらいで一冊だ（つまり切手の総数は約三百枚）。

その中から自分のほしい切手をビニール袋ごと抜いて購入するのだ。

ただし、『見返り美人』や『月に雁』、『西周《にしあまね》』、『蒲原《かんばら》』といった高額商品は入っていない。せいぜい千円ぐらいまでだ。

当時は記念切手の総合アルバムが少年たちのマストなアイテムで、相場を皆知っていた。だから少し安く値付けられていたのではないか。

相場は需要と供給の関係で決まるからいくらでも値段を変えられる。実際、切手ブームが去った一九七二、三年頃から一気に値くずれしているし、そのあとも値段は上らない。だから美術史学者の山下裕二さん（私と同い年）は今バンバン大人買いしている。

値段は上らない、と書いたが、オリンピックを来年に控え、ここ一年ぐらい前から私の自宅や仕事場のマンションのポストに、いらなくなった記念切手買います、というチラシが入るようになった。第三次記念切手ブームはやってくるのだろうか。

第五章

「ももや」のブルート、米屋のカルロス、そしてヒッピーそうちゃん

松原書房は本や雑誌だけでなく文房具も売っていたから、私は鉛筆やノートや原稿用紙や消しゴムなどを買った。

それらは必要なものだったが、必要のないものも買った。例えばマジックインキ。中でも忘れられないのは白墨だ。白だけでなく何色もあったから、各種購入し、アスファルト道路に落書するのだ。

しかし松原書房で買えないものもあった。

四十代以下の人は驚くかもしれないが、それは、新聞だ（松原書房のあとにコンビニが出来たのだからまさに便利な時代になった）。

私の父は平日、家で夕食をとることはなかったが、その分、日曜日、家族と過すことが多かった。

朝日と読売と日経だけでなくサンケイとサンスポもとっていた（毎日は何故とらなかったのだろう——朝日以上に反体制的だったからだろうか）。

そして日曜日になると父は報知とスポニチも読んだ。

しかし松原商店街では購入出来ないので、小学生だった私と上の弟を連れて、下高井戸まで散歩し、駅の売店でその二紙を買い求め、駅近くの洋菓子屋兼喫茶（一階が洋菓子屋で二階が喫茶）「シャンブル」に入り、コーヒーを飲みながらそれに目を通すのだ。「シャンブル」のプリンアラモードは私の大好物だった。

そうだ、松原書房で千代紙を買っていた時もある。しかし、駅をはさんで松原書房と反対側の路地の所に本格的な千代紙屋があるのを発見し、そちらを愛用するようになった。

本格的というのは谷中《やなか》の老舗「いせ辰」の千代紙を扱っていたのだ。だから大学生の時、田中康夫のベストセラー小説『なんとなく、クリスタル』を読んでいて、赤堤に住む主人公の女子大生がわざわざ谷中の「いせ辰」まで千代紙を買いに行くシーンに行き当たり、一瞬、なるほどこれが〝ブランド女子〟なのかと思ったが、単に田中康夫が玉電松原界隈に無知だったのだろう。

松原書房は松原商店街で私が二番目によく通う店だった。

それでは一番はどこかと言えば、駅をはさんで松原書房の筋向いにあった「ももや」だ。この連載の第二回でノンフィクション作家の芦﨑治が「オオゼキ」の歴史を描いた『商景』を紹介した。

創業当時、「オオゼキ」は「ももや」の隣りにあった。その事実をふまえて『商景』にこうある。(閑古鳥が鳴いている「オオゼキ」と違って)「市場の入口に建っているお菓子屋は、毎日、お客さんで満員だった」。

それはそれで事実だ。「ももや」はいつも賑わっていた。

しかしそれは、お菓子屋としてだけではない。

当時、松原商店街にはお菓子屋があと二軒あった。私の記憶では大通りを西福寺方向に行った角、オバタ薬局の向いにももう一軒あったと思う(しかしそのスペースは私が小学校五年生の頃には寿司屋となりその後しばらく空き家だった——高校二年の時に家を建て直すことになって数カ月その空き家に暮らしたが屋上もあるその家はとても楽しかった——そこで私は弟や近所の少年たちを集めて八ミリ映画を撮った)。

私を含めて子供たちは「ももや」を菓子屋としてよりも玩具屋として愛用した。

プラモデルやメンコ、それから怪獣のブロマイド(袋に入っていて中が見えない)。

戦争ごっこに必要な拳銃や2B弾やカンシャク玉。

その店は夫婦でやっていて(のち日大を卒業した息子さんも手伝う)、ダンナは『ポパイ』のブルートに似ていて奥さんはキューピー人形に似ていたので、我が家では「ももや」のブルートだとかキューピーと呼んでいた。

ブルートに似ているから、一見強欲そうで、実際、玩具売り場を物色している少年たちに、いくら持ってるの？　と財布の中を尋ね、それっぽっちじゃそのあたりにあるもの買えないよ、と言って商品をさわらせないのだ。

だが徐々にそんな悪い人ではないことがわかり、彼も笑顔で接してくれるようになった。ある寒い冬の日、彼は賞味期限の切れた板チョコを割ってコーヒーカップに入れ、お湯を注いでかきまわし、ココアだと言って飲み始めた。

私にも勧めてくれたのだが、薄味で、とても飲めた代物ではなかった。

飲み物といえば私は「ももや」で時々コーヒー牛乳を飲んだ。

少年時代の私は大の牛乳小僧で、毎日、二十本ぐらい飲んだ。その内三本はコーヒー牛乳だった。

私の家でとっていたのは雪印で、白は気に入っていたけれど、コーヒーは今イチだった。私が好きだったのは森永のコーヒー牛乳だった。だから時々「ももや」で森永のコーヒー牛乳を飲んでいたのだ。

そうだ思い出した。

自動販売機のオレンジ飲料があった。

値段は確か十円で、チクロたっぷりと言った感のショッキングオレンジ色をしていた（チクロが有害物として話題になった一九七〇年頃には姿を消した——ボウリング場やスケート場にもそのマシーンはあった)。

父は「ももや」のことを駄菓子屋と呼んでいたけれど、本格的な菓子屋ではないものの駄菓子屋ではなかった。

本格的菓子屋とは下高井戸の「シャンブル」のことだが、松原にも一軒あった。

それは「木村屋」というパン屋を兼ねた「トレッカ」だ。「トレッカ」で私はエスキモーのアイスに出会い大好物になった(新宿西口地下街のエスキモーはまだあるのだろうか)。

本格的菓子屋だから、「シャンブル」も「トレッカ」も自分の所で菓子を作る。

「ももや」のショーケースにも洋菓子は並らんでいたけれど、それは自家製ではない。山崎製パンから送られて来たものだ。

父は「ももや」のことを駄菓子屋と呼んだけれど、実は松原商店街に駄菓子屋はなかった。

ある時私はどういう場所に駄菓子屋があるか気付いた。

それは小学校の近くだ。

松原商店街に小学校はない。

下高井戸の松沢小学校の前には「グリーングラス」という駄菓子屋があった(何故「グリーングラス」なのかといえばその店のオジさんが緑色のサングラスをかけていて、天皇賞や有馬記念で優勝したグリーングラスという馬がいたからだ)。

経堂の経堂小学校の近くには「じじばば」という駄菓子屋があり、赤堤小学校の向いにもあった。

私が三軒茶屋に越して来たのは三十年ほど前で、三軒茶屋小学校の近所だが、ちゃんいい駄菓子屋があった(数年前まで現役だった)。

私は駄菓子屋に熱心ではなかったけれど、弟たちは夢中だった。

駄菓子屋と菓子屋の違いは、品物の質はさておき、値段だ。

駄菓子屋は普通の菓子屋の三分の一ぐらいの値段だったから、それなりの小遣いをもらっていた弟たちは駄菓子屋で〝大人買い〟していた。

おやつ代は三百円までという遠足で上の弟は駄菓子屋で凄い量のおやつを買ってきた。

「ももや」で怪獣のブロマイドを買ったと言ったが、その種のブロマイドは駄菓子屋でも売られていた。しかし印刷状態が悪かった。特にカラーの色合いが安っぽかった。

これは私が映画少年になった中学生の時だが。

映画館で私はいつもパンフレットを買った。ロードショーだけでなく名画座(渋谷の東急名画座やテアトル新宿や高田馬場パール座など)でも買った。

そういう名画座に池袋の文芸坐もあって、やはりパンフレットが売られていた。

そんなある時、ジェイムズ・ディーンの二本立て（たしか『エデンの東』と『理由なき反抗』だったと思う）を見たあとパンフレットを購入したら、何だか安っぽい。まるで駄菓子屋のブロマイドのようだった。

当時はそういう特殊な製作販売ルートがあったのだろうか。

かつて確かにあって今は消えてしまったものの一つに季節感がある。

と言っても、自然の季節感ではない。

以前より変質したもののそれはまだ残っている。夏は暑く（この原稿を書いている二〇一九年夏は久し振りの冷夏だ）、冬は寒い。そして秋になると台風がやって来る。

ここで私が問題にしている季節感とは人工的な季節感だ。

正月が近づくと私はわくわくした。

「ももや」に正月用の凧や羽子板やカルタが並ぶので（いやその前にクリスマスプレゼント用の高額商品が並ぶ）。

そういう正月用のグッズを目にするだけで楽しかったのだ。

そして正月。「ももや」で買った凧を手に弟たちと赤松公園や赤堤小学校に向かいそれを上げる。

高く上げるにはコツが必要だが、上って行った時は快感だ。誰でも高く上げることの出来る外国製のいわゆるカイトではその快感は味わえないだろう。

今私が住んでいる三軒茶屋には公園や空き地、そしてもちろん小学校もあるけれど、もう二十年近く(いや、それ以上)、凧上げをしている少年を目にしない。

そもそも町から玩具屋が消えてしまったから、商品としての凧を見かけない。

季節感と言えば、元旦から開いている店が多いのも不満だ。

私が少年時代の正月、松原商店街は店を閉じていた。三箇日どころか五日間ぐらい閉じている。

私はその静かな商店街をチェックするのが好きだった。

そうだ正月の風物詩といえば思い出したものがある。

私の実家から一番近い店は米屋だった。松原商店街に向かう大通りをまっすぐ行き、最初の角を左折し、二十メートルぐらいの所にあった。つまり私の実家から二〜三分である。

かつて米屋は特別な存在だった。

これも五十歳以下の人には説明が必要だろう。

米穀通帳という言葉を知っている人はどれくらいいるだろうか。

この言葉の意味を『広辞苑』から引く。

「米穀割当配給のために各世帯に交付された台帳。一九四一年(昭和十六)六大都市で交付、翌年全国に及ぶ。八二年食糧管理法の改正により廃止」

つまりかつて米は配給制だった。政府がいったん農家から買い上げ、それを配給するのだ。そして米穀通帳（これは一種の身分証明書でもあった）がなければ米を買うことが出来なかったのだ。こういう戦前のシステムが戦後四十年近くたってもまだ残っていたのだ。私は実家暮らしだったからそれを不便に感じなかったけれど、地方出身の大学の同級生は、夏休みなどの帰省明けに、しまった米穀通帳忘れちゃった、とあわてていた。

しかも米は米屋でしか買えなかった。

つまりスーパーでは買えず、そもそもコンビニはなかった。

スーパーで米が自由に買えるようになった時のメディアの大報道振りは今でもよく憶えている（そしてその前に「自主流通米」という米があったことも）。

米の基本は配達制で、だから米屋は各家庭のプライバシーに通じていた。

私の実家が利用していた米屋が歩いて二〜三分の所にあったのだが、少年時代、赤松公園で遊んだ帰り、時々、その米屋を覗いた。

プラッシーというジュースを飲むために。

コークのファンタやペプシのミリンダと違ってプラッシーというオレンジドリンクは米屋でしか扱っていなかった。プラッシーはいつ頃まであったのだろうか。ひょっとしたらまだあるのか。しかし米屋の存在が消えてしまったから。

その米屋は御主人の他に三十歳ぐらいの配達員がいて、彼のことを私はカルロスと呼んでいた。

一九六〇年代終わりから七〇年代初めにかけて新左翼の運動が盛んで、その運動はやがてテロを生み、テロリストたちの手配写真が町の各所に張られていた。

手配写真は日本人だけでなく外国人のものもあった。

その最大の大物がカルロスというベネズエラ出身の国際テロリストだった。

カルロスは薄茶色のサングラスをかけていて、そのサングラスはもちろん、丸みを帯びた輪郭、さらには唇や歯並びなど米屋の配達員に似ていたから私は彼のことを米屋のカルロスと呼んでいたのだ。

米屋のカルロスは基本的に米を配達しに来るのだが（プラッシーを二ダース持って来てくれることもあった）、年に一度だけ別のものを持ってきた。

それは年末の餅だ。

伸《の》し餅と鏡餅で、前もってこちらの方で注文しておくのだ。

伸し餅はとても大きく、一枚で二十枚分ぐらいの切餅がとれた。

その餅を最盛期は三枚注文した。デブ少年だった私は大喰いで、元日の朝、御雑煮で七枚も八枚も食べてしまう。しかも昼は昼で磯辺巻で四、五枚食べてしまう。そして夜はまた御雑煮。つまり三箇日に私一人で四十枚は食べてしまうのだ。

お餅が届いて、それを切るのは私の父親の仕事だったが、私はその作業を目にするのが好きだった。


話を「ももや」に戻したい。

「ももや」の店先に立っていたのは基本的にブルートとキューピーだが、ある時から日大出身の息子さんも店番するようになった（「ももや」にはあと娘さんがいて八王子実践高校のバレーボール部のレギュラーとして活躍した彼女が店番することはなかった）。

その息子さんと私（たち）はとても親しくなった。

あれは私がもう高校生になった時だろうか。

私の弟、小中学校の同級生で別の高校に進んだ友人、彼の弟（私の弟と同級）ら七〜八人で夏休みの朝、毎日のように赤松公園の野球グラウンドで野球をした。

その野球にある時から「ももや」の息子さんも参加した。

彼は私たち以上に楽しそうだった。

今振り返えれば、彼は全共闘世代でしかも運動の激しかった日大の出身だ。

彼が運動に参加していたという話は耳にしなかったけれど、大学を卒業して、実家である小さな町のお菓子屋兼玩具屋を継いだ。彼なりの屈折があったのだろう。

のちに私の母親が「ももや」で彼に会った時、彼は、祐ちゃんは元気ですか、昔野球を一緒にしてあんな楽しかったことはない、と話してくれたという。

私だってとても楽しかった。

野球と言えば、私はまた、松原商店街の二人の若者ともよく野球（とても小さな野球）をした。私が小学生の時だ。

それは商店街の信号角のそば屋「増田屋」の出前持ち、山田君とヒッピーそうちゃんだ。

二人は共に同世代つまり団塊の世代で、山田君が短髪でキチンとした髪形をしているのに対し、そうちゃんはそのアダナの通り長髪でヒッピーのようだった。

我が家は出前好きの家庭で様々な店屋物をとったけれど、一番が「増田屋」だった。

しかもそれは、食べたいがゆえだけではなかった。

山田君とヒッピーそうちゃんと遊びたかったからだ。

私の家は大通り（現西福寺通り）から入った路地に面していた。

幅七メートルほどのその路地は舗装されていなかった（舗装されたのは私が大学を卒業する頃だったと思う）。

長さは三十メートル近かっただろうか。私の家とその隣り、その二軒に向い合う形で二軒にはさまれていて、私の実家を除く三軒はそれなりに広い敷地を持っていたから。路地の奥の左角が私の実家で、そこを左折すると路地は狭くなり、奥の家二軒にぶつかる。

つまり私の家の前の路地（空き地）は広くなかったものの野球（三角野球）が可能だった。

実際、私と弟たちはよくその場所で三角野球をした。

それにしても、当時の私（たち）は、その場所や山下公園、山下西公園、赤松公園、赤堤小学校、マリア幼稚園と色々な場所で野球をした。私の家から歩いて四〜五分の所（町名で言えば桜上水）に大きな空き地があったからもちろんそこでも野球をした。その空き地には時々紙芝居屋がやって来た。同世代の東京（山の手）出身の人間にその話をすると、信じられないといった顔をするが、これは実話だ（中学一年の時もその紙芝居屋はやって来た）。

三角野球は少人数でできるが、それでも三人対三人、計六人はほしい。

私と弟そして同級生のW君ブラザーズ合わせて四人。他の子供が集まらなかった時の〝スーパーサブ〟が増田屋の二人だ。

増田屋に電話して、きつねそばだとかラーメンだとか安いメニューを一つ注文する。そして、そろそろ届きそうだという頃を見はからって、追加をもう一つ注文する。すると店の人は、さっき頼まれたもの、もう出前に出てしまいました、と言うから、いいんですいいんです、追加ですと答える。

そしてしばらくすると追加の出前が届き、山田君とヒッピーそうちゃんが揃う（ここで一つ述べておきたいのは注文した二品を無駄にすることなくデブ少年の私がきちんとたいらげた——弟やW君ブラザーズが食べたいと言えばもちろんおすそわけした）。

いよいよ試合が始まる。

ただし三十分以内で試合を終わらせる。

お店に迷惑がかかるといけないから（もう充分迷惑はかかっているのに）。ある時私の母が手土産を持ってお店にあやまりにいったら、お店の人は、いや、おかげさんで、二人は前以上に熱心に働くようになりました、と逆に感謝されたという。

山田君は髪形通り手固いピッチングとバッティングを見せる。

それに対してファンキーなのはヒッピーそうちゃんだ。

例えばピッチング。

八百長問題で球界を追放になった小川健太郎というピッチャーがいた。中日ドラゴンズのエースだったのだが、時々彼は〝背面投げ〟というトリッキーな投げ方をした（王貞治相手にそれをよく投げたように記憶している）。

ヒッピーそうちゃんも時々〝背面投げ〟をしてみせた。

バッティングには異常に気合いが入っていた（山田君も手抜きをしていたわけではないが皆と楽しむことを優先していた）。

ある時、もの凄い大きな打球が上った。

路地の先の西福寺通りを越え、向いの家は御影石とツツジで三、四メートルの高さに守られているのに、その家の庭に入った。

打ったチームの子供たちはもちろん、打たれたチームの子供たちも大喜びだ（山田君も楽しそうだった）。

そしてヒッピーそうちゃんは意気揚々と店に引き上げていった。

子供たちがたまり過ぎた時には、その路地で戦争ごっこをした。

といっても単純な戦争ごっこではない。

小学五年の頃から私は淀川長治《よどがわながはる》解説の『日曜洋画劇場』を毎週楽しみにしていた。

だから西部劇や戦争映画に詳しくなった。

戦争ごっこと言っても、私が考えたカスター将軍対インディアンとかズールー戦争だとかだ（もちろんアラモ砦の闘いもした）。

ここで役に立ってくれたのが「ももや」で買った様々なものだ（連発花火をやりあったこともある）。

振り返るとかなり自由な時代だった。

第六章

落合博満は赤堤小学校のPTA会長だった

私の家は出前好きだった。

それは子供が多い（四人）割に当時の母の体が弱かったせいもあるが、祖母（私の母の母で私が小学校三年生の時に軽い脳梗塞をわずらい母の負担が増えた）が下町出身で、下町の人は出前好きだったからだ。だから、あの家はしょっ中《ちゅう》出前を取ると近所の人たちから陰口をたたかれるのを小学生の私は不思議に思った。

もっともよく利用してたのが前回述べた増田屋だ。

しかし増田屋のそばがおいしかったという記憶はない。増田屋は暖簾《のれん》分けによって至る所にある。

私の赤堤小学校の同級生が桜新町で歯医者をやっている。昼頃治療が終わると楽しみなのは駅近くの増田屋でそばを食べることだ。おいしくて安い。私のお勧めは夏は冷しきつねそば、冬は鳥南蛮そばだ。

松原の増田屋のそばの味はかなりおとった（だから私は時々カツライス——独得のおいしさがあった——を出前注文した）。

にもかかわらず増田屋で出前をとったのは、前回述べたように、出前の山田君とヒッピーそうちゃんがいたからだろう。

私が高校を卒業する頃には二人は店をやめていた。

だからその頃になると、世田谷線の駅の踏切を越えて右側（スーパーのオオゼキの向い）にあった豊川をよく利用するようになった。

豊川の日本五目そばは私の好物だった。出前だけではなく、わざわざ店に食べに行ったりもした（そこで何度か「本屋の安さん」がおいしそうにカツ丼を食べている姿を目撃した）。

豊川はそのすぐそばにあるキッチン豊《ゆたか》の系列だった。

豊のハンバーグが私は大好きだった。私が小学校五年生の一九六九年にジュネが出来るまでは豊が唯一の洋食屋だった。父を含む家族全員で出かけたこともある。

この連載の予告篇的エッセイを何年か前『文藝春秋』で書いたことがある。

すると豊川をやっていたＳさんからお手紙をいただき、松原駅横の喫茶店（私が大学生の時に出来たこの喫茶店も今では松原商店街の古参になった）で会い、色々と話を聞いた。

豊はＳさんの義父（奥さんの父親）がやっていた店で、その人は、さる大型汽船の料理長だったという（どうりでおいしかったわけだ）。

結婚した当時Ｓさんは学研に勤めていた。学研は大田区上池台にあったから玉電で渋谷に出て、そこから国鉄（現ＪＲ）に乗り換えていたという。

ところが、その頃の朝の玉電のラッシュは凄く、電車に乗れない時もあった。

そしてついに会社をやめてしまう。

で、豊川をはじめたわけだ。

どこかのそば屋で修業したのかどうかは聞きそびれてしまったが、脱サラではじめた人が増田屋よりおいしいそばを作れたのは才能があったのだろう。

中華の出前は光竜が出来る前は来々軒だった（途中で公来軒という店に変った気もする――両方共私の同級生の店だった）。

寿司は大通りをはさんで「ももや」の斜め向いにあった吉野寿司。

吉野寿司は出前だけでなく、家族でカウンターに並らんで座って食べることもあった。

そして私は父からカウンターで寿司を食べる時の寿司ネタの順番について学んだ――そういう学習をしなかったのが三島由紀夫で六本木の寿司屋に入って来た彼がいきなりトロばかり五貫だか六貫続けて食べたことを山口瞳が批判的に回想していた。

私の行く寿司屋の数は限られている。

新宿の吉野寿司、大阪の吉野寿司（すしという字は難しい字を使っている）。

神保町にも吉野鮨という寿司屋があって気にはなっているのだが、神保町は行きつけの店が十軒近くあるのでこれ以上増やせない。

吉野寿司のおかみさんは元は芸者さんで、私の母に会うたびに、ゆうちゃん（私のこと）はいい男だね、と口にするの、と母は私に嬉しそうに言うのだ。

その後様々な寿司を味わったが、松原の吉野寿司はかなり美味しかったと思う（おかみさんに対するヨイショではなく）。

実家の最寄り駅の近くに旭鮨という老舗（今年でもう創業百年近い）店がある。近いどころか目の前だ（晩年の永井荷風が愛した大黒家と京成八幡《やわた》駅との位置に似ている）。

初台のオペラシティや恵比寿のガーデンプレイスをはじめとして様々な所に支店がある。

少年時代の私は下高井戸の旭鮨で江戸前よりも関西風を愛好した。よくテイクアウトした。

関西風というのは茶巾や箱寿司、そして太巻だ（アナゴとタクワンの入った江戸っ子巻きというオリジナルの太巻もあって私の好物だった）。ちらし寿司だって関西風だった。

今思うと、たぶん食中毒を恐れてだと思うが、卒業前に赤堤小学校の体育館で開かれた謝恩会の昼食に提供されたのは旭鮨の関西寿司盛り合わせ（茶巾一つに箱寿司四つと太巻二つ）だった。

私は食べなれていたけれど、他の同級生たちは珍しそうに食べていた。

松原商店街の中心部の信号の角にあったビルの一階が寿司屋であったが（前回述べたように私たち一家は家の建て替え工事の時にひと夏そのビルで過すことになる）、その寿司屋に入ったことはない。

その四つ角の残り三つの角はオバタ薬局、増田屋、そして「江ざわ」だった。

つまり増田屋から大通りを私の実家方向に行くと「江ざわ」があったのだ。

と、こう書いている内に思い出した。

他にも出前を取った店があったことを。

それは「江ざわ」の並びにあった鰻屋「大和田《おおわだ》」だ。

誰かお客さんが来ると「大和田」で出前を取り、私たち（子ども）も御相伴にあずかった。

といっても私は鰻を頼むことはあまりなかった。

今の私は鰻好きだが、当時の私はそれほど執着はなかった（ワサビ醤油で白焼きをつまみ、白飯をたべる私の父のことをシブいなと思ったがそれは〝大人の味〟だから手を出さなかった）。

私がよく食べたのは鶏の雉焼重《きじやきじゅう》だ。それから天重を食べることもあった。

桜新町（弦巻《つるまき》）の世田谷中央図書館にはしばらく御無沙汰していたけれど、桜新町の歯医者に通うようになって復活した。

そして先日、面白い一冊を見つけた。

それは『わたしたちの赤堤』だ。

初版が出たのは昭和五十七年で、その改訂第三版（平成十四年）が並らんでいたのだ。

発行は世田谷区立赤堤小学校だから世田谷以外の図書館では架蔵されていないだろう。

この一冊によって様々なことを教えられた。

私の実家は西福寺という寺の近くにあった（戦前は西福寺の敷地であったらしい）。

その西福寺が実は赤堤のポイントなのだ（ルビを除いて引用する）。

「赤堤村の名は古い本にも残されています。西福寺は天正十二（一五八四）年にできたといわれています。お寺に残る古い書き物にはもう赤堤村の名前が書いてあるので、もっと昔から村があったと想像できます」。

学校のはじまりも西福寺だった。「明治四年、西福寺の和尚さんの松岡照山という人が、『寺子屋』を開きました。赤堤村の学校のはじまりです」。

そして明治二十年に松沢小学校が開校したのだという。

村役場も西福寺にあった。

「村役場は初めは西福寺に、そして翌明治二十三年には村の中ほどにある火の見やぐらの所にできました」。

その火の見やぐらは私が中学（世田谷区立松沢中学校）に通う道すじにあって、その時既にもう使われていなかった。

なのに、それから十年以上経っても、すなわち私が大学院生の頃もまだ存在した。まわりにはもっと高い建て物も並らんでいるのに、何故？　と思ったが、そうか、そういう由緒ある場所だったのか。

火の見やぐらと言えば、松原商店会には消防団があって、揃いの制服を着て、よく消火練習をしていた。

そんなある時、一九八〇年代初め、自宅で下の弟と二人で夕食をとっていたら、凄い音（まるで爆撃音）がした。

驚いて、弟と二人で外に出てみたら、松原駅近くの空がまっ赤だった。

すぐに駆けつけた。

駅の近くに成田山系の不動尊があった。

夫婦と娘が暮らす。その娘がある男性と不倫関係になり、駆け落ちすると言ったらしい。怒った父親が、油をまいて火をつけた。つまり一家心中だ。

駆けつけてみたら松原商店会の消防団もいて、消火活動を行なおうとしていた（どう考えても消し止めるだけの水力はないのに）。

するとも本物の消防隊の人たちがロープを張り、消防団の人たちに、このロープから内側に入らないで、と注意を与えていた。消防団の人たちはリーダーの指示に従ってきちんとその教えを守っていた。

作家兼劇作家の戌井《いぬい》昭人《あきと》さん一家（千歳烏山在住）はその不動尊の信者で毎年そこに初詣に出かけていた。

ところがある年、出かけてみたら不動尊が消えていた。

その話をしても誰にも信じてもらえなかったという。

ある時、新宿の酒場で戌井さんと飲んでいて、坪内さん世田谷線の松原駅の近くに住んでいたんですよね、だったらこういう話憶えていません？　と言われて、憶えてますよ、憶えてます、よく憶えてますと答えたら戌井さんはとても嬉しそうな顔をした。

それからしばらくして新潮のＫさんから電話があって、今度戌井さんが『波』で小説の連載をはじめることになり、その第一回で松原の不動尊の事件を書きたいということなんですが、何か資料ありますか、と尋ねたので、それは当時『週刊新潮』が記事にしているよ、と答えて、感謝されたことがある。

松原と火事といえばこういう思い出もある。

あれは私が小学校三年生ぐらいの時だ。

オオゼキの並び、松原駅寄りに比較的大きな家具屋があった。

その支店（中央林間だったように記憶していたがオオゼキの二号店とごっちゃになったのだろう――いずれにせよ神奈川だったと思う）が火事になり人が二人か三人焼け死んだ。

その遺体を乗せた霊柩車が松原本店に着いたのだ。

『わたしたちの赤堤』に戻ろう。

この本は赤堤小学校の創立五十周年を記念して刊行されたものだから赤堤小学校の歴史に詳しい。

赤堤小学校が開校したのは昭和二十八（一九五三）年四月。

それまでは同じ赤堤でも北沢川を境として、川の北側に住んでいる人は松沢小学校か松原小学校に、そして川の南側は世田谷小学校に通っていた。

私のエリアは松沢小学校だったが、松原小学校や世田谷小学校に通っていた子供たちは大変だっただろう。

なにしろ松原小学校の最寄り駅は京王線の明大前で世田谷小学校は玉電の宮の坂、子供の足だと二十分以上かかる。しかも、私が赤堤に引っ越して来た当時（昭和三十六年）でさえ、私の家の前の大通り（現西福寺通り）は舗装されていなかったから、雨の日は泥濘《ぬか》るんでさらに時間がかかったはずだ。

ベビーブームの世代が小学校に入って来たから、午前組と午後組という二部制をとり、それでも新たな小学校を作る必要があった。

開校時に入学した一年生は百五人、全児童数（ただし六年生はいなかった）は四百五十四人。

開校時の赤堤小学校はこんな感じだった。

「校庭は、昔は『新井田んぼ』だったところを畑に直し、ネギやサトイモを作っていた時のままでしたから、波のようにでこぼこしていました。これまでは、まっすぐ走るどころか、遊ぶことさえむずかしいくらいでした。当時の先生と子どもたち（特に一番大きな5年生）は、自分たちの手で校庭を平らにしようと、仕事を始めました。それを見たお父さんやお母さんたちは、いっしょに仕事を手伝ってくれました。とくに九月から十月にかけては、二百人もの人が協力してくれました」。

十月には、「平らになった校庭でりっぱな運動会をすることができ」たという。

開校四年目（昭和三十一年）には生徒数が倍の八百名を越え、その数は私が入学した昭和四十年とほぼ変わらない。

オオゼキが松原駅横の小さなスペースに開業するのは昭和三十二年二月だから、つまりそれはちょうど赤堤の人口が増え松原商店街が発展して行く時だ。

ところで赤堤小学校の全児童数はこの本に載っている最新のデータによると五百三十三名（二〇〇二年）で、それからさらに二十年近く経っているわけであるから、今では四百人を割っているだろう（あるいはどこかの小学校と合併しているかもしれない）。オオゼキを除いた松原商店街の寂《さび》れ方はそれと連動している。『わたしたちの赤堤』に目を通すと、私はちょうど赤堤小学校が伸びて行く頃に入学し、小学生時代を過したことを実感する。

まず昭和三十五年七月プールが出来る。「赤堤小の大きなプールは、当時としては本当にめずらしいもので、松沢小学校の子どもも、松沢中学校の生徒も、時にはボーイスカウトの人たちも、よく借りに来たほどでした」。「地域の人々の協力のおかげで、赤堤小学校の子どもたちは、他の小学校の子どもたちよりはやく多く泳ぐことができたのでした」。

たしかに赤堤小学校は水泳に力を入れ、早くも二年生で落ちこぼれ、あとは中耳炎を理由にずっと「見学者」でいた私は三十過ぎまでカナヅチだった。

そして体育館。

体育館が出来たのは昭和四十年二月。つまり私たちは体育館で入学式をあげた最初の学年だった。

実際、赤堤小学校の体育館は新しかった。輝いていた。

その体育館で初めて学芸会が開かれたのは昭和四十二年、私が三年生の時だ。五年か六年の時には『泣いた赤鬼』が上演され主役の赤鬼を演じたのは私の同級のＡ君（一年次を除いてずっと同級）だった。

寺山修司の『イワンの馬鹿』が上演された時（学芸会だったのだろうかお楽しみ会だったのだろうかいやもう中学生だったかもしれない）、私はイワンの兄のオワン役を演じたが、それは単に体形のおかげだった（私はデブ少年だったのだ）。

その体育館を活用したのが五年、六年時の担任のＷ先生だった。

ＯＳＫ（大阪松竹歌劇団）の振り付け師をやっていて、しかしそれだけでは食えなくて教師に転じたＷ先生は大のダンス好きだった。運動会が近づくと大はりきりで、学芸会でもダンスを披露させた。

それ以外の時も私たちのクラスは毎日のようにダンスレッスンがあった。

朝、学校に行くと、黒板に、「八時だよ全員、体育館に集合」と書いてあった。

ダンスに興味のない私と親友のコミちゃんが少し遅れて体育館に行くと、皆、Ｗ先生の手拍子に合わせて踊っている。

世田谷区内の校長を最後に停年退職したＷ先生は振り付けの仕事に専念した。

仕事先の一つにＮＨＫがあって、私が文筆業で名前が出はじめた一九九〇年代半ば、クラス会に顔を出したら、W先生は、「坪内君坪内君、キミなら台本書けるでしょ、NHKの人を紹介しようか」と言ってくれた。

その後、何度目かのクラス会の時、W先生が銀座のショーパブで振り付けと演出の仕事をしていることを知った（そのショーパブに行かなかったことをとても後悔している）。

W先生が亡くなったのは今から三年前（二〇一六年）のことだが、さらにその三年前、二〇一三年、OSKが創設九十周年を記念して初めて東京の日生劇場の舞台に立った。ちょうど隣の宝塚劇場では宝塚が興行中で、舞台終了後の挨拶の時、OSKのトップ女優がとても緊張していたのが可愛らしかった。

十数名の同窓生が集まったので、そのあとW先生をかこんで食事しようと思っていたのだが、W先生はOSKの人たちとの付き合いがあるという。改めて、W先生がOSKの大物であることを知った。

赤堤小学校に鉄筋三階建ての新校舎が出来たのは昭和四十一年五月だが、この新校舎工事中の同年一月、カナダの駐日大使リチャード・パワー夫妻が来校し、カナダの「国の木」カエデを植樹した。

その様子は新聞やテレビ（NHK教育の子供ニュース）が報じた。

何故子供ニュースだったのかと言えば大使夫妻と一緒に赤堤小学校の児童二人（男の子

と女の子）もいたからだ。

いずれも一年生（つまり私の学年）で、その「男の子」がのちに『泣いた赤鬼』で主役の赤鬼を演じるA君だ。

『わたしたちの赤堤』に赤堤小学校の歴代の校長及びＰＴＡ会長のリストが載っている。

私が入学した時の校長は鎌田重吉先生で、四年の時に石塚靖先生に変わり、卒業まで石塚先生だ。

どちらの校長のことも良く憶えている。

特に石塚先生は、よくコミちゃんと二人で校長室に遊びに行き、石塚先生も楽しそうに私たちの相手をしてくれた（こんな交流が今どきの小学生と校長との間にあるだろうか）。

それだけでなく、赤松公園で野球をしている私たちの所に顔を出してくれることもあった。

私が入学して卒業するまでにＰＴＡ会長は四人の人がつとめ、誰一人として名前に記憶がない。たしか赤堤郵便局の局長がいたと思うのだが。

ただ一人、見憶えのある名前の人がいる。平成十一（一九九九）年のＰＴＡ会長だ。

私にとってだけでなく、たぶん日本中の殆どの人にとって見憶えのある名前だ。

その人の名前は？

四谷軒牧場を経営していたのは佐々倉家と佐藤家で、牧場界隈の土地もかなり所有していた。

ある時、その一画が分譲された。

その土地に一軒だけだったならかなりの豪邸が出来るが、四軒だか五軒だ。にしてもそれぞれ六ＤＫぐらいあるから普通のサラリーマンには手が出ない（そろそろバブルが始まろうとする頃だ）。

その物件のチラシが新聞に入っていて、私は、母や姉らと、いったい誰が買うんだろうね、と噂し合った。

その内の一軒を購入したのが落合博満。

そう、平成十一年の赤堤小学校のＰＴＡ会長は落合博満なのだ。

一九九八年、日本ハムを最後にプロ野球の現役を引退した落合は翌一九九九年、一人息子福嗣君の通う世田谷区立赤堤小学校のＰＴＡ会長に就任したのだ（ウィキペディアの「落合博満」の項にその記述はない）。

当時、落合福嗣少年はテレビレポーターなどへの態度の悪さで有名だった。

その一方で、実は赤小《あかしょう》でイジメにあっているという噂もあった。

落合博満はとても動物的カンの良い人間だ。

このままでは福嗣が登校拒否になってしまう。

それを恐れてＰＴＡ会長にあえて就任したのではないか。
ところで落合福嗣は今とても紳士的に成長し、ナレーションの仕事も素晴らしい。

第七章

「布川電気」で買ったレコード、そして赤堤の家の生き物たち

私の小学校（世田谷区立赤堤小学校）出身の女性文筆家がある月刊誌で、自分は山の手で生まれ育ったと書いているのを見て、私はオヤッと思った。

既に何度か書いているように赤堤はけっして「山の手」ではない。

私が生まれたのは渋谷区初台だが、初台も「山の手」ではない。

私が考える「山の手」とは例えば麹町《こうじまち》であるとか文京区小日向《こひなた》だ。

「山の手」と対になるのは「下町」だが、それぞれの言葉を良く見てほしい。

「山の手」はまさに山の手、高台に向かう所、さらにはそれを登り切った所にある。

解りやすい例を挙げれば目白台だ。

早稲田大学に通っていた私は、ある時、友人たちと新江戸川公園で遊んでいた。そして、よし、これから目白の田中角栄の家に向かおうと言って、歩きはじめた。

途中で凄い坂があった。角度のあるその坂を登り切った所にあったのが目白台の田中角栄邸だった。

私が赤堤に越して来たのは昭和三十六年。前にも述べたように道はまだ舗装されていなかった。戦前ならともかく、戦後十五年以上経って、道が舗装されていない「山の手」があるだろうか。

彼女は確か私より四学年下だから見て来た風景が違うのだろうか。彼女が小学校に入学するのは一九六九年だからたしかにかなり近代化されていた。しかしそれは「山の手」化とは違う（そんなことを言ったら吉祥寺や町田も「山の手」になってしまう）。

たぶん彼女は雰囲気でそう書いてしまったのだろう。

彼女の実家は私の実家より赤堤小学校に近い。私の家は京王線の下高井戸駅と小田急線の経堂駅の間にあったが彼女の家の最寄り駅は経堂だ。

そして下高井戸が下町風であるのに対し、経堂は山の手風だった。

私の父はハイカラで、時々朝食にオートミールを食べた。

しかしオオゼキや下高井戸のスーパーでは当時オートミールを扱っていなかった。

唯一購入出来たのが経堂のOXストアだった。

それから誤記憶というのは消えない。

都市論を専門とするある社会学者がいる。私とほぼ同世代の彼は世田谷の環八の近くで生まれ育ち、環八は東京オリンピックを機に新設されたと語っていた。

しかしそれは間違いだ。東京オリンピックに合わせて新設されたのは環七で、環八は私が小学校に入学した年、昭和四十年（東京オリンピックの翌年）、まだ工事が始まったばかりだと記憶している。

一度だけならこの社会学者の発言はウッカリミスだといえるが、別の場所でも彼は同様のことを語っていた。

もちろん私だって記憶間違いはある。しかしここで私が問題にしているのは文脈的な間違いなのだ（環七と環八の違いは単なる七と八の違いではない）。

私の記憶違いの実例を語りたい。

前回私はオオゼキの並びに比較的大きな家具屋があって、それは「松原駅寄り」だと書いた。

しかし今回、昭和四十五（一九七〇）年の松原商店街の地図を入手し、チェックしたら、その家具店（サガミヤ）とオオゼキの位置が逆だったことがわかった。つまりオオゼキの方が松原駅寄りだったのだ。

私が「サガミヤ家具店」だったと思っていた場所は「おおやまストア」とあり、このストアのことを私はまったく憶えていない。オオゼキの向いにあってこちらの方が歴史を持っていた「長崎屋」というスーパー（あの大手チェーンとは異なる）のことはよく憶えているのだが（オオゼキ相手にけっこう頑張っていた）。

つまり「おおやまストア」、オオゼキ、「サガミヤ家具店」とあって、その隣が神戸銀行の松原支店だ。

思い出したぞ。この神戸銀行が出来た時のことを。

下高井戸には銀行が一店、経堂には三店もあったのに松原にはなかった。それぐらい小さな商店街だった。

その松原についに銀行が。

しかしそれは三井でも住友でも富士でもなく（その三銀行共経堂にあり下高井戸には三井があった）、神戸銀行というローカルなものだった。

それでも私は嬉しかった。オープンの時に行って、貯金箱（たしかインディアン人形）をもらった。

当時はカード社会でなく、様々な出入金で銀行を必要としていた。その際に私の母はいつも経堂まで足を運んだが、その習慣は松原に神戸銀行が出来ても変らなかった。実際私が高校に入った頃にはもう消えていたと思う（となると五年足らずの寿命だ）。

今は殆どのことをコンビニですますことができる。本当にコンビニエントな時代だ。

それから、やはり前回、私は、「江ざわ」（この店のポークソテーが好きだったと述べたがオムライスも好物だったことを思い出した）の並びに「大和田」という鰻屋があったと書いた。

これはこれで間違ってはいないけれど、一九七〇年の地図を見ると、「ももや」の角を曲って、赤松公園に向かう手前に「大和田」がある。

そうだったそうだった。「大和田」が「江ざわ」の並びに越して来たのは私が中学に入ってからで、以前はその場所にあったのだ。

その隣が「布川《ふかわ》電気」（この店の娘さんは私の小学校の同級生だ）。当時、松原商店街規模の商店主に大卒の人は珍しかったけれど、「布川電気」の御主人は早稲田大学を出ていたはずだ。

電気店を愛用する子供は数少ないはずだが、私はしばしば「布川電気」に足を運んだ。

それはレコードを買うためだ。

ザ・フォーク・クルセダーズの『帰って来たヨッパライ』も皆川おさむの『黒ネコのタンゴ』も「布川電気」で買った。

シングルレコードは45回転だが、同じ大きさで四曲入ったディスク（コンパクトディスクでなくて何と言ったっけ?）もあって、中学一年生の時にサイモン&ガーファンクルの「サウンド・オブ・サイレンス」や「ミセス・ロビンソン」などが入った盤を買った。

LPレコードは置いてなかった。ただし、もし置いてあったとしても、小学生の小遣いでは購入出来なかっただろう（プロレス観戦や野球見物など出費の多いガキだったから）。

私がＬＰレコードを買うようになったのは中学二年生になってからだ。

経堂駅前に建ったショッピングセンター二階にあったレコード屋、それから下高井戸の（この間までバーガーキングがあった場所にあった）「オスカー」。

品数が揃っていたし、両店共、ＬＰレコード十枚買うとサービス券やスタンプで一枚、好きなレコードをもらえるのだ。

私の中学の同級生はロック派とクラシック派がいて（ジャズ派はいなかった）、その割合は三対一あるいは四対一ぐらいだったけれど、私はそのどちらでもなかった。

つまり、映画音楽派だった。

最初はパーシー・フェイス楽団の演奏やアンディ・ウィリアムスのボーカルのＬＰレコードを聞いていたのだが、その内、もっと本格的に、サウンドトラック盤にも手を出すようになった。

それも、『ゴッドファーザー』や『ウェストサイドストーリー』、『荒野の七人』といった定番はもちろん、『ナバロンの要塞』や『北京の55日』といったシブいものまで購入した（ただし『北京の55日』は中三の冬に家族で行った宇津井健が経営する成城のステーキレストラン近くのレコード屋で買ったと思う）。

松原商店街の「布川電気」でシングルレコードを購入していたからこそ、経堂や下高井戸のレコード店に並ぶＬＰレコードの有難さを知り、さすがは経堂、さすがは下高井戸と思った。

さらに言えば、高校生になって秋葉原の石丸電気のレコードコーナーに行き、その充実に驚き、やはり都心の店は凄いなと感じた。その感じがやがて次々と輸入レコードショップが出来たことによって（私の住む三軒茶屋にも二軒出来た）薄れたが、まだ、あるだけましだった。ネットショップが主流となった今、マチはどんどん消えて行く。

一九七〇年の地図を見ているとオオゼキ以外に八百屋が三軒、魚屋が二軒、肉屋が二軒あることに気がつく。

私の母は行く店を決めていた。

八百繁《やおしげ》という八百屋は一番近くだからわかる。八百繁の娘さんは私と小中学校の同級で、一つ年上のお兄さん（兼政《かねまさ》といって皆からカネちゃんと呼ばれていた）がいて、いつも顔が片方に寄っていて（噂では幼い時に転倒したその後遺症だという）、ヒラメ、ヒラメという陰口をたたかれ、その陰口を耳にした時カネちゃんは、「ヒラメじゃないよカレイだよ」と切り返した（つまりカネちゃんは馬鹿そうに見えてまんざら馬鹿ではなかった）。

八百繁はカネちゃんの代で八百屋をやめ、クロネコヤマトの宅配所に転身した。私の実家に置いてあった蔵書の一部（ダンボール三箱分）を三軒茶屋に移した時、担当してくれたのがカネちゃんだった（私たちは久し振りで話し込んだ）。八百屋より宅配便屋の方がカネちゃんには向いていた。

肉屋も最初の頃は、近い方の肉屋を利用していたが（その店のコロッケやマカロニサラダが私は好きだったしアメリカンドッグを初めて見たのもその店）、ある時から、踏切を越えた別の肉屋を利用するようになった。その店の息子さんが私の姉の中学の同級生だったと思うが、理由はそれだけではない（以前の店で店員からセクハラめいたことを口にされたのだ）。

魚屋も踏切の手前ではなく、越えた店（「魚藤《うおふじ》」）を利用していた。

私の母は「魚藤」のおじさんとすっかりなじみで、「魚藤」のおじさんは時々魚を（例えば刺し身盛り合わせ三人前を）我が家に届けてくれた（その間、店のほうはどうなっていたのだろう）。

「布川電気」の近くに果物屋があって果物は八百屋やスーパーでなくその店で買った。しかしその店の御主人は確か私が小学校六年の時、急死した。母はとてもショックを受けていた。

その果物屋や「布川電気」から赤松公園に向って最初の角を左に曲ると私のなじみの店

があった（その隣にあったのが以前紹介した千代紙屋だ）。

それは小鳥屋だ。

私は生き物を飼うのが好きな少年だった。

小学校低学年の頃、近くのドブ川によくザリガニをとりに行った。

そんなある時、たくさんの蛙の卵を見つけ、持ち帰ってバケツに入れて庭に置いといた。

すると、一カ月だか二カ月後、大量のチッコ蛙（色が黒い）が庭をうめつくした。

同様なことが小学校四年生の時にも起きた。

私の実家の前の家には何本ものツツジの木が植えられていた。そのツツジの木にはしばしばカマキリがやって来た。

私はカマキリの卵を見つけ、私の勉強机の上（左片隅）に置いといた（子供部屋と言ったその部屋は姉と私と上の弟の三人で共有していた——六歳違いの下の弟はまだ幼すぎた）。

卵のことをすっかり忘れていたある日、学校から帰って来たら、母と祖母がほぼ同時に、ちょっと祐ちゃん、あなた、何てことしたのよ、と口にした。

あなたの部屋を見てきなさい。

すると、大量のミニカマキリが私の勉強机そして床、さらに縁側から庭に向って行進している。庭にもすでにたくさんのミニカマキリがいた。

前回述べたように私の家は西福寺という寺の近くにあった。

その寺の林（というより森に近かった）には多くのコウモリがいた。

そのコウモリたちが私の家の二階にやって来る。

私の家には物干し台があったが雨の日は使えない。

そこで二階の廊下に洗濯ロープを張る。

そのロープにコウモリたちが逆さ向きでぶらさがっているのだ。十匹ぐらいいる時もあった。

もともとは普通の建て売り住宅だったのだが、男の子が三人もいたので私が小学校四年生の頃にはかなりボロ家になっていた（ボロ家にした原因の殆どは私にあったのだが）。

玄関に近い部屋はかつてお手伝いさんが暮らしていたのだが、私が小学校に入った頃には服置き部屋になり、しかも畳の一部が減り込み、土が見えた（その場所から筍《たけのこ》が生えてきた時は驚いた）。

その部屋の隣がお手洗い（その頃の住宅は男子トイレと女子トイレが別にあった）、突きあたりが応接間、広い廊下をはさんで茶の間、そしてその突きあたりが子供部屋、で、庭に至るわけだ。

子供部屋から庭へのガラス戸はいつも開いていたし勝手口も同様だったから、よく廊下を、知らない猫が歩いていた（我が家で猫を飼うようになったのはその数年後だ）。

つまり私の家はサファリパークと言わないまでもかなりワイルドな家だった。

二階の寝室（十畳ぐらいあって姉が中学に入るまでは家族全員で寝ていた）の雨戸の戸袋に雀が巣を作った。

ピーチクピーチク、雛《ひな》たちの鳴き声が聞こえ、そっと盗み見たら、親鳥が餌を与える所で、その様子が可愛いかった。

ある時、庭に雛鳥が一羽落ちていた。巣はもうカラだったから、皆どこかに行ってしまったのだ。成長の遅いその雀は、まだきちんと飛ぶことが出来ず残されてしまったわけだ。

しかしこのままだと餓死してしまう。

私は育てることに決めた。

例の小鳥屋に行って、鳥の餌を買った。

その雀はめきめき成長し、私になついてくれた。

けれど飛び立つ日がやって来て、去っていった。

それと入れ替るように出会ったのが「ギー坊」だ。

西福寺にはまた百舌《もず》が多かった。私の隣り家の庭の柿の大木によく獲物を串刺しにしていた。

ある時、私の家の庭で、足を怪我した百舌を見つけた。

私はその百舌を「ギー坊」と名付け、雀を飼っていた小さな鳥箱に入れ、育てた。

足は完全に治ったが、「ギー坊」はみるみる大きくなっていった。

鳥箱は窮屈だったと思うが、私になついていた「ギー坊」は満足そうだった。

そんなある日、学校から帰って来たら、鳥箱がカラだ。「ギー坊」がいない。

「ギー坊」はどうしたの？　と母に尋ねたら、追い出してやったのよ、と母は答えた。あなたも男ならそんな小さな箱に入っていないで大きな空を飛びなさい、と言って。

でも「ギー坊」、近くの木の枝に止まってこの鳥箱のことをじっと見ているのよ。そしてしばらくして飛び立っていったの。

私もまた、その方が「ギー坊」にとって良かったと思った。

野鳥を拾ってきて育てるのは厳密に言えば違法だ。

だから今度は合法にと思って小鳥屋に行き、十姉妹《じゅうしまつ》を買った。

それがやがてセキセイインコになり、その数は五十羽を越えた。例の大寝室で放し飼いにしたから、カーテンレールの所に乗っている何十羽ものインコの下で私たちは寝たのだ。

しかし、その部屋の網戸は所々穴があいていたから、いつの間にかインコは一羽もいなくなった。西福寺に移動して行ったのだ。うちにいたのはセキセイインコだけだが、西福寺の木の枝にルリコンゴウインコが止まっているのを目にした時は驚いた。

小鳥屋では鳥以外のものも買った。リスだ。しかし、鳥箱に入れて帰宅後、餌をあげようとしたらリスは、さっと飛び出し、壁の穴から消えてしまった。以来時々凄いスピードで家の中を走るリスを見かけるようになった。

インコと入れ替るように飼いはじめたのが猫だ。

隣の家の庭に白黒猫がいるのを見つけた。

警戒心の強い猫で中々近づいてこない。

そこで私は作戦を考えた。

皿に牛乳を注いで置いておいたのだ。

案の定おいしそうになめていた。

次はそれに白ワインをまぜた。

ほんの少量だ（いきなり大量だとバレてしまう）。

そのワインの量を少しずつ増やしていった。

ついに猫は酔っぱらった。

私は猫の喜びそうな所をなでたりくすぐったりした。

猫はすっかり私になついた（悪い男だね私は――しかし女性相手にそのようなことはしない）。

その猫がどれぐらいいたのかは忘れてしまったが、続いて飼った美しい白いメス猫は次々と子供を生んでいったから猫が増えた。

最初に生まれた二匹の内のオスの「ゴエモン」は立派な虎猫で、頭も良く、私は大好きだった。高校時代いつも一緒に寝た。私の蒲団に入って来て私の足元で寝るのだ（特に冬は暖かく気持ち良かった）。

しかし「ゴエモン」は私の弟の理不尽なイジメに遭い、家出してしまった。二度と会えなかった。

一匹オオカミの猫もやって来た。

たとえば「プーサン」という茶虎猫。

「プーサン」は『荒野の用心棒』だったか『夕陽のガンマン』だったかのテーマ曲が大好きで、その曲が流れてくると、長い尻尾でリズムを取るのだ。

最盛期には二十匹以上いた。

基本は外にいるのだが、食事の時は皆戻ってくるから大にぎわいだった（食事は安い生《なまり》が中心だったとはいえこれだけ数がいると食費はバカにならなかっただろう）。

二十四以上とは、つまり、ちょっとした一クラス分だ。

教師の立場として猫たちを眺めることができる。

馬鹿な生徒もいれば優秀な生徒もいて、大馬鹿な生徒もいる。その見きわめが面白かった。

ギャザーリングという言葉を知っているだろうか。

たくさんの猫たちが、夜森に集まって、円陣を組みながら何かを議論するのだ。

私はそのギャザーリングを目にした。

ギャザーリングがありそうな夜、西福寺の森に行って、気配を消していた。すると猫たちが集まって来て、円陣を組み、ギャザーリングが始まった。凄いものを目にしていると私は思った。

多くの猫たちの中で一番優秀で美しかったのは「オケマル」（正式名は「オケオマール」）という白猫だ。全身まっ白で、頭のてっぺんに黒い丸がある。

もちろん私たちの家族からも大人気だった。家族だけでなく、私の大学の同級生（女性）は「オケマル」見たさに時々私の家に遊びに来た。

その「オケマル」が大通り（西福寺通り）で車にはねられ、死んだ（交通量の少なかった西福寺通りもその頃になるとけっこう車が走っていたのだ）。

一番悲しんでいたのは、かつて猫を飼おうとした時に猛反対した私の父親だった。父は言った。北沢警察の署長に言って犯人を突き止めてやる、と。

第八章

和泉多摩川、京王多摩川、そして二子玉川

私は三歳の時に渋谷区初台から世田谷区赤堤に越し、三十過ぎて三軒茶屋に移り、今に至っているから、人生の殆どを世田谷に暮らしている。

その間、幾つもの大雨や台風に出会っている（渋谷にいた時の台風の記憶はない）。

しかし先日の台風（十九号）は今までに経験したことのないものだった。

雨や風はそれほどでもないと思ったのだが、私の住む世田谷近郊での被害が大きかったのだ。

赤堤に越して来た時には道路が（けっこう広い道路でも）舗装されていなかったと書いたが、小学校に入学した昭和四十年頃には殆ど舗装されていた。今とあまり変らなかった。

だが、大きな違いは川（ドブ川）だ。

小さいもの大きいものを合わせて、私の中学生ぐらいの時までは、至る所にドブ川があった。

そのドブ川が大雨のたびに氾濫したのだ。

それらのドブ川はやがて暗渠《あんきょ》となり、私が成人する頃には緑道になった。

今の私の自宅の住所は上馬《かみうま》一丁目で仕事場は三軒茶屋二丁目だ。歩いて五分ぐらいの距離にあるその二つの場所の間に「蛇崩川緑道《じゃくずれがわ》」という緑道がある。その緑道は中里を経て中目黒の方まで続いているから編集者や業界人なら知っている人も多いだろう。

蛇崩川はその名の通り、蛇のような形（つまり真っすぐでなかった）。だから雨のたびに氾濫したと聞く。

その名残りのように、世田谷警察署の近くはちょっとした雨のたびに道路に水があふれる。

私の通っていた世田谷区立赤堤小学校の裏に北沢川というドブ川が流れていた。かなり幅広く、流れる方向も複雑でなかったのに大雨や台風のたびに氾濫した。しかし学校や近隣の住宅が床下浸水することはなかった（当時それが問題となっていたのは江東区をはじめとするいわゆる「〇《ゼロ》メートル地帯」だ）。

校庭の一番奥の方に「ひょうたん池」と呼ばれる池があって金魚などの魚がいた。

ある時、北沢川が氾濫し、それが引いたあと、池を覗いたら魚は一匹もいなかった。

それから私の家の近くの大通り（現西福寺通り）の端に小さなドブ川が流れていて、氾濫したあとのある時、ふと目にしたら、大きなガマガエルがいたので、つかまえて、庭に放した（そのガマガエルは庭に住み着くようになり冬眠もそこで行なうようになったので、ある時冬眠中に穴を掘り、起こしたら、眠そうな眼で、ひでえことしやがるな、と私のことを見た）。

別の大雨のあとには巨大な亀がいて、例によってそれをつかまえた私は赤ん坊用の湯船に水を張り、庭のベランダで飼い始めた。

その内、窮屈そうに見えたので庭に大きな穴を掘り、薬屋で紙粘土を買い、池を作ろうとしたら、父親に見つかり、方位を無視して勝手に池を作ったら縁起が悪いとひどく叱られたので、「ひょうたん池」で解放してあげた。その亀はしばらく子供たちの人気者になっていた。

動物と言えば、信じてもらえないかもしれないが、小学校低学年の時、隣りの家の広い庭で狸を見たことがある（麻布に「狸穴《まみあな》」という町があったくらいだから戦前は都心にも狸がいたわけだ）。

その広い庭は様々な木があって、果実をつけるものも四種類か五種類あった。

勝手口つまり台所に通じる入口の手前に小さな庭があって、木戸を開けてその庭に入るとまず柿の木があり（前回書いたように冬になるとその枝に百舌が獲物を刺して行く）、その後ろが無花果の木だった（無花果の実よりその木にとまる髪切虫をよくつかまえた）。勝手口に向って右手には細い道があり、左手が玄関への通路（玄関が使われることは殆どなかった）、玄関を右手に見ると、桜の木が一本（私は毎年のようにそこで花見をした）、そして広い庭へと続くのだ。

別のアングルから見てみよう。

西福寺通りを歩き、西福寺を越えた最初の路地（私が大学に入った頃もまだ舗装されていなかった）を左に入ると、その家があって、その隣り（敷地は六分の一ぐらい）が私の実家だった。隣りの家の玄関前（路地に面した所）には七、八段ぐらいの広い石段があって、その石段に向って右側に山椒の木が生えていた。筍の季節になると山椒を取りに行ったが、他の季節には揚羽蝶の幼虫や蝶そのものを取りに行った。

その家には母と息子の二人が住んでいて、二人はかなり年が離れていた（息子さんには兄が一人いて、慶応大学の医学部を出た彼はもう医者として独立していた）。二人共私のことをとても可愛いがってくれていて、私もその家を我が家同然のように使っていた。

こんな事もあった。

私が五歳の時（昭和三十八年）にガンで死んだ私の祖父（母の父）は亡くなる直前までクウェートにいた（西武の堤康次郎《つつみやすじろう》に頼まれてその地に西武デパートを創るつもりだったらしい）。

その最後に帰国した時だ。

夕方ぐらいに羽田に着く予定だった飛行機が遅れ、いつの間にか私は寝てしまった。母と姉は二歳だった弟（下の弟はまだ生まれていない）を連れてタクシーで羽田に向った。私を隣りの家にあずけて。

当時私はオネショ少年だった。例によってその晩もオネショした。しかし「おとなりのおばあちゃま」（私はそう呼んでいて息子さんのことを「おとなりのおにいちゃま」と呼んでいた）は少しもイヤな顔をしないでくれた。

当時「おとなりのおにいちゃま」は何歳ぐらいだったのだろう。

彼が通っていた上智大学の学園祭に行ったことは憶えている。

しかし、一緒に神宮球場にナイターを見に行ったのは私が小学校一年生の時で、彼は既に社会人だった。

彼は確か現役で大学に入り、留年していないから、昭和四十年に二十三歳だった。

となると昭和十七年生まれか。

六〇年安保の年に十八歳だ（彼の部屋に『朝日ジャーナル』が平積みされていたことは憶えているが彼の口から政治的な発言を聞いたことはない——その点で全共闘世代で東大全共闘だった私の従兄とは全然違う——もし彼が現役の時に落ちてしまった早慶に浪人して入ってい

たらどうなっていただろう)。

筍について触れたが、思い出したことがある。

当時の赤堤三丁目付近には竹林がかなりあって、私が通っていたマリア幼稚園にも見事な竹林があり、筍が何個か取れた。

その筍は各組の優秀な児童にプレゼントされる。

その児童名が先生の口から発表される時、私はドキドキした。

当時の私は極端な人見知りで、朝、先生が出席を取る時、自分の名前が呼ばれても、「ハイ」という返事が出来なかった。というよりも、幼稚園の年少組の時、私は殆ど口をきかなかったのだ(唯一の例外がボアソノ園長だった)。

もし私の名前が呼ばれたら私は返事出来るだろうか、と思ってドキドキしたのだ。

しかしそれは杞憂に終わった(冷静に考えればひとことも口をきかない子供が優秀児に選ばれるはずはないのだが)。

話を元に戻す。

隣りの家の木戸を開けて、右の「細い道」を歩いて行っても広い庭に出るのだが、まず大きな栗の木が目に入って来る。

私はそこで、落ちている栗（もちろん毬《いが》に入っている）を拾った。

天津甘栗（母や祖母はよく渋谷のハチ公前の信号を渡った所にある三千里《さんぜんり》薬品でそれ――キャッチコピーは九里よりうまい三千里――を買ってきた）の味に食べなれていた私は最初その本物の栗を茹でて食べた時、少し苦いと思ったけれどだんだんその苦が味が好物になった。

だから台風の翌日は楽しみだった。

栗がたくさん収穫出来るから。

小学校三年の秋の台風のあとで、親友だったK君とK君のお姉さん、そして私の弟の四人で拾いに行った。

想像通りの大収穫だった。

翌日、クラスでK君に会ったら、昨日は栗御飯を炊いて皆大喜びだったツボウチありがとう、と言ってくれた。

今、スーパーで時々栗を買い、茹で栗を食べてみたりするが、あの時の味には遠い。

その庭には枇杷の木もあって、枇杷は酒の害を防ぐというが、今の私がいくら酒を飲んでも平気なのは子供の時にたくさん食べた枇杷のおかげかもしれない。

そうだ思い出した。枇杷の木の近くに金柑《きんかん》の木もあった。

枇杷は初夏で金柑は冬が食べ頃。その間の秋には柿や栗が楽しめたのだ。贅沢な少年時代を送ったものだ。

しかも、その間、生き物を飼い、外で遊びまくり、プロ野球やプロレスを見に行き、玉電に乗って渋谷に出て、東急プラネタリウムに行ったりもした。

そうそう、十月の台風で話題になった多摩川にもよく釣りをしに行った（釣りだけではなく化石を取ったりもした）。

といっても二子玉川ではなく京王線の京王多摩川や小田急線の和泉多摩川だった。

一番よく行ったのは和泉多摩川で、小学校六年生の時だ。

一緒に行く釣り仲間は同級生のコミちゃんとT君だ。

当時の私は釣り（川釣り）がマイ・ブーム（©みうらじゅん）で、松原商店街には釣り具店はなかったが、下高井戸の大きな踏切りを渡り、今年（二〇一九年）店を閉じてしまった古本屋「豊川堂書店」（あの野坂昭如先生も愛用していた）の斜め向かいに釣り具店があった。

形から入りたがる（だから参考書を買い過ぎて受験に失敗した）私は、しょっちゅうその店を覗き、竹の釣り竿を二本買った。

しかしその二本は多摩川で使わなかった。

多摩川で私が使ったのはリール付きの竿だった。

そのタイプの釣り竿はけっこう高かったので、いくらたくさん小遣いをもらっていた私とはいえ、店では見るだけだった。買うことが出来なかった。

その時救世主がいた。

ブルーチップだ（テレビコマーシャルまでやっていたブルーチップのことを憶えている人はどれぐらいいるだろう）。

同様のものにグリーンスタンプがあって、大関屋（スーパー・オオゼキ）は最初はグリーンスタンプだったが、ある時ブルーチップに変った。

買い物額の何パーセントかに当る部分を切手のようなブルーチップで渡される。

それを台帳（アルバム）に貼っていって、数がたまると希望の商品と交換してくれる。

交換品の載ったカタログを寝床で見るのが小学校高学年時代の私の楽しみだった。

渋谷駅近く、246沿いにあったショールームも見に行ったことがある。

ある時、そのカタログにリール付きの釣り竿が載っているのを見つけた。

それなりのチップが必要だが、幸い、我が家は大家族（七人暮し）で、大関屋でたくさん買い物をしたから、チップがかなりたまっていた。

それでそのリール付きの釣り竿と交換したのだ。

ブルーチップはいつの間にか（私が大学に入った頃）消え、今や、スーパーをはじめとする店で割引カードばかりになってしまったが、その種のカードに興味がない（金と物ではなく金と金ではうんざりする）私はその種のカードを二枚しか持っていない。東京堂書店と渋谷の映画館シネマヴェーラのカードだ（地元三軒茶屋の一軒だけの本屋TSUTAYAのカードも十年以上前に更新をやめてしまった）。

私はブルーチップ（とグリーンスタンプ）がとても懐かしい。

コミちゃんとT君と和泉多摩川に行くのは日曜日の午前中だ。つまり午前も午後も釣りをするのだ。

昼食が必要だ。

多摩川に架かる橋の手前にパン屋があった。そのパン屋で私は惣菜パンを三ヶ買った。

コミちゃんは家からお弁当を持って来た。

T君もお弁当だったが、驚いたのは、オカズがないのだ。つまり麦ゴハンだけなのだ（私は、「貧乏人は麦を食え」と言った池田《いけだ》勇人《はやと》の言葉を思い出していた）。

実際、T君は貧乏だった。

T君のお父さんはフリーの大工さんで、雨の日は家にいた。

家というのは絵に画いたような長屋で、私は、玉電山下駅の近くにそんな長屋があることとに驚いた。その近くにはまたK母子寮があり、その母子寮から通う同級生がクラスに一人か二人いた。彼（彼女）らの母親は給食室で働いていた（さすがに子供と同じ小学校で働くことはなかっただろうと思うが）。

T君はオカズなしで麦めしを食べようと思っているのだろうか。

昼食の時に私はさらに驚かされることになる。

当時の多摩川は魚はいるものの、工場の廃液など（つまり公害）でドロドロだった。だからしばしば（というよりは半数以上は）奇形魚だった。

私とコミちゃんは奇形魚が釣れると、川に放流した。だがT君は放流しない。

昼食の時にT君はリュックから網を取り出し、重ねた石の上に置き、そこに奇形魚を含む釣った魚を並べ、やはりリュックから取り出したマッチで、網の下の流木に火をつけた。

そして焼き上がった魚（含む奇形魚）をオカズに麦めしを食べて行くのだ。

ワイルドだな（という言葉を当時は知らなかったのだが）、と私は思った。あとで話をしたらコミちゃんも同じように思っていたのだ。コミちゃんと私はケンカ小僧で、つまりワイルドとして知られていたのだが、T君と比べれば全然ワイルドでなかった。

多摩川とパンのことを書いている内に思い出したことがある。

小学校一年生の時だ。

秋の遠足で私たちは京王多摩川に行った。その時私は巨大なザリガニを捕まえたが担任の先生（女性だった）の命令で川に放流させられた。

地元赤堤で私（たち）はザリガニ取りに夢中だった。

ザリガニの取れるポイントを幾つか知っていた。

しかしその日は不作だった。冬のある日のことだ。

同級生で一番の長身のS君と一番の巨漢のY君（つまり番長的な二人）と私（やせっぽちで背も高くない）でザリガニを取ろうとしていたのだが、もの凄く小さなものばかりで、それなりのサイズのものには出会えなかった。

二人はイラ立ちはじめた。

その時私はあることを思い付き、それを口にした。

つまり秋の遠足で行った京王多摩川のことだ。あそこに行けば大きなザリガニに出会えるかもしれない。

私のその提案に二人は乗っかってきた。

問題はお金、京王多摩川に行く電車賃だ。

少し待っていてくれと言って、私はいったん自宅に戻った。

「レモンちゃん」と呼ばれる可愛い貯金箱に姉がお金をためている。

その貯金箱（人形）を私はトンカチでかち割り、お金を取り出した。その人形は底の部分のゴムをはずせばお金が取り出せるのに、何故私はトンカチでかち割ったのだろう（のちのちまで姉にうらまれた）。

そのお金で三人は京王多摩川に行った。

巨大なものはいなかったけれど、そこそこのやつを十匹近くつかまえ、私が自宅から持って来た青いビニールバケツに入れた。

あたりは少しずつ暗くなっていたので、もう帰ることにした。

二人は、おなかがすいた、と私に訴えてきた。

しかたないな、と思った私は駅に向う途中の菓子屋でアンパンを二個買い、彼らに与えた。

しかしそのおかげで下高井戸に帰る電車賃は二人分しか残されていなかった。

駅に着いたら改札は無人だった（当時のそのあたりに住宅は無く夕方になると新宿に向う客はいなかったのだ）。

しめた、と思い、私は二人分の切符を買って、無賃乗車した。

下高井戸駅についたら改札に駅員がいた。

私は巨漢のY君と長身のS君に、ボクのあとからサッと来てと言って、バケツを持って改札を駆け抜けた。

駅から私の家まで歩いて十分以上ある。

あたりはもうまっ暗だった。

先に泣き出したのはY君だったと思う。続いてS君も泣き出した。

私の自宅に着くと玄関前に私の母と祖母、それからY君の母とS君の母がいて、Y君とS君はさらに大泣きした。

彼らが去ったあとで私は母と祖母からひどく叱られた。

姉の貯金箱をこわしたことは申しわけないけれど他に何ひとつ悪いことしていないのに、と思った。電車賃を払ったのも私だしアンパンも買い与えてあげた。

こんな時間まで小学一年生が外を出歩いているのは非常識よ、誰かにさらわれたらどうするの（例の「吉展《よしのぶ》ちゃん事件」が起きたのはその二年前だ）、と母は言った。

その日の私の夕食は抜きになった。

涙ひとつ流さないなんて強情な子ね、と母は言ったが、私は大泣きした二人の方が不思議だった。

今回の大雨で浸水した二子玉川にも思い出はある。

私の叔母とその息子は私の少年時代田園調布のアパートに住んでいたことがある。

だから多摩川の花火大会も見たし、二子玉川園で遊んだこともある。

今回浸水した所はかつての二子玉川園があった場所だと聞くが、もしそうなら二十数年前その場所はフットサル場だったはずだ。

三十代半ばの私は異常なスポーツ野郎で、毎週一回、東府中にテニスに行き（中心にいたのは山口昌男さんで山口さんはそのグループを「テニス山口組」と称していた）、そこで知り合ったHさん（二子玉川在住）にフットサルに誘われた。

その主戦場が二子玉川のフットサル場だったのだ。

午前中東府中でテニスをやり、昼食をとったのち、午後、二子玉川でフットサルをしたこともある。もう中年近かったのに、何とタフだったのだろう。

そうそう、やはり今回浸水したあたりに「つくし亭」という戦前から続く（私の学生時代もあった）、鮎が名物の料亭があったが、あの店は大雨の被害に会ったことはなかったのだろうか。

第九章

世田谷八幡の秋祭りの奉納相撲で学生横綱だった農大の長濱を見た

前号で私は隣りの家の庭で時々タヌキを見かけたと書いたが、もしかしたらそれは間違いかもしれない。

つまり見かけたのはタヌキではなくキツネだったのかもしれない。

数カ月前から私は小学校（世田谷区立赤堤小学校）の同級生だったA君の歯科医院（桜新町）に治療に通っている。

そしてある時（今からひと月ほど前）、治療を終えて帰ろうとしたら、次の治療にやって来た人に話しかけられた。『赤堤地誌』お役に立ってますか？」と。

私よりひと廻り近く年上のその人も何らかの形で赤堤小学校に関わっていたらしい。

そして彼は私やA君の同級生だったIさんと職場（都立高校）で同僚だったという。

だから彼はその本をIさんに託したのだ。

そう言われて思い出した。

数カ月前、A君夫妻とIさんと私の四人で三軒茶屋のキャロットタワー最上階の展望レストランで夕食を共にした時、Iさんがその本を私に渡してくれたのだ。

前回の原稿を送ったあとで、改めて（いや初めて）その本に目を通した。

昭和五十年に出たその本には「古老」のインタビューが五本載っている（インタビューが行なわれたのはいずれも昭和四十九年）。

最初に載っているのが西福寺（何度も書いているように私の実家の裏の大きな寺）の住職狩野俊英（明治四十一年生まれ）の談話だ。

彼は言う。「狸は見たことはないが、キツネは、時々出た。冬、ニワトリを狙って来た」。

さらに赤堤四丁目三十に住んでいた岩田正吉（明治三十一年生まれ）はこう回想している。「キツネは麦の芽が出る頃、夜、クャン〳〵とないている事があった。ある朝、足跡を追うと雑木林の中に穴を掘った跡があって、ニワトリが埋められていた。それを掘って、皆で食った。今の養鶏のトリと違って、雑食のトリだからうまかった」。

そうかポイントはニワトリか。

思い当る点がある。

路地をはさんで私の隣家の向いにやはり古い日本家屋があった。

ただしその建物は路地から直接は見えない。ニワトリ小屋があって、三十羽ぐらい飼われていたからだ（だから朝はけっこう騒がしかった）。

そのニワトリを狙ってキツネが出没したのではないか。

昭和四十年代の東京（新宿や渋谷に二十分で行ける）の町の話とは思えない。

ところで私は十数年前に水戸の古本屋の目録で昭和三十年代四十年代の『週刊朝日』の揃いを入手し、ずっと自宅マンションのトランクルームに入れっぱなしにしておいた。

ようやくその整理が終わった所だが、この連載で使える記事が幾つか見つかった（その点で入手してすぐに整理しなくて良かったと言える）。

一つは一九六七年十月二十七日号の「叱られた私鉄の通勤サービス」だ。

そばの「豊川」のSさんの話を以前紹介した。

Sさんは元々、学研に勤めるサラリーマンだったのが、玉電のあまりの混雑振りに堪えられず脱サラ、そば屋を始めたのだ。

その頃（私の少年時代）、私も時々玉電を利用したが、混んでいるというイメージはなかった。もっとも私はラッシュ時間帯に乗車したことはなかったのだが。

『週刊朝日』に赤坂の会社に勤める世田谷の二十二歳の女性の話が紹介されている。朝は出社時間が遅く、割合にすいているが、大変なのは帰りだ。「ほんとうに不愉快な混み方」と彼女は言う。

「毎夕六時半前後に渋谷から乗るが、ギュウヅメ電車に押込まれるまで最低十分は待ち、ひどいときは三十分も立ちんぼのままだ。やっと乗り込んでも、途中、自動車がつまっていたり信号を待ったりで、わずか五キロ足らずの世田谷駅へたどり着くのに四十分もかかるのである」。

知らない人に説明しておくと世田谷駅は三軒茶屋駅から四つ目だ。しかも一駅間の距離が短く三軒茶屋の次の西太子堂駅は本当にすぐ近くだ。

記事によれば玉川線の下に「新たに地下鉄の新玉川線を敷」く予定で昭和三十四年二月に路線免許を取り、認可がおりたのが三十六年八月、三十七年八月に着工し、三十九年八月つまり東京オリンピック前に完成のはずだったが、「いまだ着工すらされていない」という。

それが完成したのは確か私が浪人生だった、昭和五十二（一九七七）年のことだ。だから私の中学高校時代、世田谷通りや２４６を走る東急バスは普通の他に快速と急行があって、急行は三軒茶屋の次が終点の渋谷だったと思う。

「オリンピック前に完成のはずだった」というのは深い意味を持っていたはずだ。

つまり駒沢公園は東京オリンピックに向けて作られたもので、例えば〝東洋の魔女〟と呼ばれた日本とソビエトの女子バレーボール決勝は同公園内の体育館で行なわれた。

東京オリンピックと言えばマラソンのコースに選ばれたのは甲州街道で（今「味の素スタジアム」が建っているあたりが折返し点だった）、私も下高井戸に見に行ったが、あまりにも人が多くて、選手の姿を見ることが出来たか記憶にない（復路の時に円谷幸吉がそのあたりで二位に上ったというのだが）。

東京オリンピックの時、人々は駒沢公園までどうやって足を運んだのだろう。バスと玉電で多くの人を運びきれたのだろうか（もっともそれ以前は東映フライヤーズの本拠地駒沢球場だったからそれも可能だったのかもしれないが）。

それから一九六四年十二月四日号に「東京飯場《はんば》の子どもたち」という記事が載っている。東京オリンピックに合わせて都内は建築ブームだったが、そのブームはオリンピックが過ぎても終らないという。

「オリンピックが終って、建設会社の受注が減っているんではないかと思われがちだが、ひところの突貫工事のあわただしさにかわって、落ちついたツチ音が、各所にあがっているのだった。建設ブームはまだまだつづいている」。

そして都内には幾つもの「飯場」があった。

私の住んでいた赤堤にもあった。

元々社宅や社員寮の多い地域だったが、私が小学校低学年の時に、新しい社員寮（アパート）が次々と建っていった。

赤堤一丁目に山下汽船のアパートと日銀のアパートが隣接してあった。

隣接というよりも壁などで仕切られていないのだ。つまり遊び場は共有でどちらのアパートにも友人のいた私は、よくその遊び場の巨大なすべり台で遊んだ。

子供というのは残酷で（いや私が残酷な子供だったのだろうか）、隣接していながらその二つのアパートに住む人たちは異なっていた。

つまり山下汽船（赤小で一学年下の岸本佐知子さんがいた）はエリートあるいは準エリートの家族が暮らしているのに対し、日銀はノンキャリ（こんな言葉はまだ知らなかったが）の家族が暮らしていたのだ。

私はまったく無関係だったからどちらのアパートにも通ったけれど、実は微妙な気持を持っていた人たちもいるかもしれない。

山下汽船と日銀とどちらが先に出来たのか忘れてしまったが（私が小学校に入った時に一つは出来ていたと思う）、その近くに「飯場」があった。

だから私の通っていた赤堤小学校には「飯場」の少年や少女つまり転校生がいた。

一年も経たず、時には数カ月で、彼らは次の小学校へと転校して行くのだ。まるで『風の又三郎』のようだった。

転校慣れしているから、彼らは人当りが良かった（少年たちは女子児童からもてた）。

私もすぐに彼らと友人になり、「飯場」で遊んだ。

「飯場」には大きな砂山があってそこが一番の遊び場だったが、ある時、世田谷の他の公立小学校に通う児童が砂山で事故死したことがあって、砂山には絶対に近づくなと言われた。

事故死と言えば、これは都市伝説だと思うが、ビー玉遊びが流行った時、私たちの隣りのK小学校に通う児童二人が休み時間の時、校庭にビー玉があるのを見つけ、凄い勢いでそれを取りに行ったら、頭と頭がぶつかり、双方亡くなったと聞いた（ビー玉遊びをやめさせるために先生が流したデマだったかもしれない）。

私が三年生の時つまり昭和四十二年までは「飯場」の子がいたけれど、翌年にはいなくなったと思う。

一九六八年は日本で（日本だけでなく先進諸国で）大きな変化があった年だが、それは「飯場」が消えた年でもあった。

一九六八年はメキシコオリンピックのあった年だが、当時の担任I先生が、昼休み時間にテレビのオリンピック中継を見せてくれた（日本時間の昼十二時はメキシコシティーの夜九時に当るから生中継ではないと思うのだが）。

それから当時、私の家の近くには至る所に原っぱがあった（もうマイカーがブームになりつつあったのに何故駐車場に転用されなかったのだろう）。

小学校唱歌が私は懐しいが中でも一番懐しいのは、「かきねの　かきねの　まがりかど……」と始まる「たき火」だ。

実際、私の家の近くには「かきね」がたくさんあったし（そもそも私の実家と広い庭の隣家は「かきね」で分けられていた）、私は庭でよく焚き火をした。

趣味と言ってよかった。

私と二人の弟、そして近所の少年たち、多い時は八人ぐらいで焚き火をした。

リーダーはもちろん私だ。

我が家にも十本ぐらい木が植えられていて、その落ち葉や折れ枝を集める。隣りの家の庭に行けば凄い量が仕入れられる。

最初の内は普通の焚き火で楽しんでいた。

その内、何かが足りないと思った。

そうだ、食べ物だ。

私は自転車をかっ飛ばして、松原商店街の八百屋（「八百繁」）で薩摩芋を四〜五本購入し、それをアルミホイルで包んで焚き火の中に入れた。

焼き上るとホクホクして、とても美味しい。弟をはじめとする少年たちにも大好評だった。

しかしその内、それではまだあき足りなくなって来た。

肉だ、肉を焼こう！

私は松原商店街のスーパー「オオゼキ」に行き、ウィンナソーセージとベーコンを買った。

そして家に戻ると、泉屋のクッキーの長方形のフタを取り出し、それを鉄板に見たてた。空になった鉢を逆さにして四方に置き、鉄板を載せ、焼き始めた。

焼き上る前に、ヤスブタという愛称の当時三歳か四歳の少年が、ウィンナに手を出したので、「何するんだヤスブタ」、「そうだヤスブタを焼いちまおう」と言って、ヤスブタを抱え上げたらヤスブタは大声で泣き始めた。

この焚き火焼きはさらにエスカレートして、ブタコマともやしを入れてマルちゃんのソース焼きそばを作ったりもした。

私が高校生になってもこの焚き火を続けていたと思う。となると一九七四年までだ。その頃まで住宅地での焚き火が大目に見られていたのだ。

これはもう平成に入ってだが、某ハードボイルド作家が新潮社の施設でカンヅメになっていた時（利用したことのある人は知っていると思うがその施設は民家風で庭がある）、コンロでサンマを焼いていたら凄い煙が出て（サンマを焼くと凄い煙が出ることをこのハードボイルド作家は知らなかったのだろうか)、消防車が駆けつけたという。

焚き火といえばこんなこともあった。

私が小学校四年生の頃、庭にプレハブの物置き小屋が建った。

最初は手狭くなった子供部屋の追加として使われ（下の弟もそろそろ小学生になろうとしていたから四人で一部屋だと狭い)、私が占拠していたのだが、数年後にはただの物置きとなった。

私の父そして母方の祖父はかなりの蔵書家で、昭和三十六年に初台から赤堤に引っ越して来た時にダンボール箱に入れておいた本を整理しないでそのままにしておいたのだ。

その何十箱ものダンボールをプレハブ小屋に移動させた。

ところが、やんちゃなデブ少年だった私は小屋の屋根に登って遊んだ。

そしてある時、穴があいてしまった。とりあえずガムテープで補修したけれど、雨が降ると水もれした。

周知のように水は本の敵だ。

一番上に置いてあったダンボールの本がふやけて来た。

ふやけたものの好天が続くとまた乾いてくる。ただし本としてはもう使いものにならない。

それらの本を焚き火にくべるのだ。

パチパチ音がしてその炎は美しかった。

一番美しく燃えたのは総革《そうがわ》、天金《てんきん》の本だ。これは本当に美しかった。殆ど芥川龍之介の「地獄変」の世界だ。

今考えるとその本は森鷗外訳『ファウスト』の初版だったかもしれない（だとしたら美しいはずだ）。

小学校三年生ぐらいの時から渋谷の東急文化会館のプラネタリウムに通っていたから、小学校五年生の時には天文少年になっていた。父親に天体望遠鏡を買ってもらい近くに住む同級生のW君と一緒に見た。初めて土星の輪を見た時には感動した。松任谷由実が歌にしているジャコビニ流星群が来た時はW君と和泉多摩川の河川敷まで出かけたけれど全然パッとしなかったので失望した。

当時、赤堤界隈の夜は暗かった。肉眼でもたくさんの星が見えた。

それどころか、恐くもあった。

小学校三年生だったか四年生だったかの夏休み、玉電松原駅の先の六所神社《ろくしょじんじゃ》でアニメ映画の上映会があった。

上映が終わって、係の人（その映画は北沢警察の主催だったのだ）が、もう一本見てもらいたい映画があります、と言って、次の作品の上映が始まった。

その映像がとてもショッキングだったのだ。

つまりそれは、ひどい交通事故を起した人に見せるフィルムだった。

事故を起した車に乗っているのが人形だけならまだしも、本物の人間もいるのだ。つまり、バラバラの死体だ。

その映像を見ただけでも恐いのに、このあと、暗い夜道を一人で十五分ぐらいかけて家に向かわなければならないのだ。本当に恐怖だった。

ようやく家にたどり着いた私は、テレビを点け、当時の人気ドラマ『ザ・ガードマン』を見た。

『ザ・ガードマン』は夏になると「真夏の怪談シリーズ」という恐いドラマを放映し、その日もそのシリーズだったが、先に六所神社で目にした映像に比べれば少しも恐くなかった。

この原稿を書いているのは十一月半ばだが、先月（十月）、先々月（九月）はかつて私の住んでいた界隈のお祭りシーズンだった。

まず六所神社があって、次に玉電（世田谷線）宮の坂の世田谷八幡、そして京王線明大前の菅原神社と続く。

私が一番楽しみにしていたのはもちろん地元、六所神社の祭りだが、世田谷八幡の祭りも楽しみだった。

規模が大きいからだけでなく奉納相撲が行なわれたからだ。

その神社には土俵があって、その土俵で、祭りの時に、地元東京農業大学の奉納相撲が行なわれるのだ。

私が小学校五年つまり昭和四十四（一九六九）年には同校の長濱《ながはま》（のち二代目豊山《ゆたかやま》）が学生横綱になっていたと記憶しているが、奉納相撲はとても盛り上った。

学生時代からのライバルはあの輪島で、輪島が昭和四十五年五月場所で十両に昇進したのに対して長濱は同年九月場所で十両に昇進した。

だから十両での初対決は大変なことになった。

それぞれの出身校、日大と農大の応援団が二階席の一番前で応援合戦を繰り広げ（これは今ＤＶＤで入手出来る）、十両の取り組みなのに懸賞がついた。

世田谷八幡ほど広くないのに六所神社にもたくさんの屋台が並び（世田谷八幡よりもぎっしり感を与え）、お祭り気分が本当に楽しめた。かつてジェイムズ・ジョイスの作品集『ダブリナーズ』に収められた「アラービー」という短篇小説を初めて読んだ時、六所神社の祭りを思い出した。

主人公の少年は夜、「アラービー」という祭りを楽しみ、その残り香を求めて翌日その場所に行くと、ただの日常的な空間になっているのだ。

六所神社の祭りで忘れられない思い出がある。

小学校四年生の時だ。

同級生のM君やO君、そして私とあと二人、計五人で一緒に祭りに行くことになっていた。

しかし私は放課後、校庭に植えられていた朝顔の種取りに夢中になっていたので、彼らに先に行っててもらうことにした。

二、三十分ほどして、私が六所神社の近くまで行くと、ただならぬ気配がする。

私たちの家の方から六所神社に行くには、玉電の踏み切りを渡って、右折し、四〇〜五〇メートル行けばよい。

その踏み切りの近くに救急車が止まっていて、私が踏み切りまで来たら、走り去っていった。

すると、O君たちが私に、泣きながら、Mが死んじゃった、死んじゃった、と言った。

事情を詳しく聞いてみたら、踏み切りが閉り始めた時にO君らは渡り、M君は一番後ろで、ハッカパイプ（踏み切りの手前で売られていた）を買い、それを吸いながら、完全に閉り切っていた踏み切りに入っていった。その時、玉電がやって来たのだという。

つまりM君は玉電に轢《ひか》れてしまったのだ。

二両編成のチンチン電車とは言え電車は電車だ。

ところがその時奇跡が起こった。

玉電を目の前にしてM君は驚き、硬直して倒れた。

レールとレールの間にはさまって倒れたのだ。そのレールの上を玉電が通り過ぎて行った（もう一つラッキーだったのはその運転手さんが六所神社のお祭りのことを知っていて徐行運転してくれていたことだ）。

だからM君はまったく無傷で翌日も学校にやって来た。

奇跡、と書いたが、その直後M君は『少年サンデー』だったか『少年マガジン』だったかで「奇跡の少年」と紹介された。

第十章

「ハマユウ」と「整美楽」が謎だった

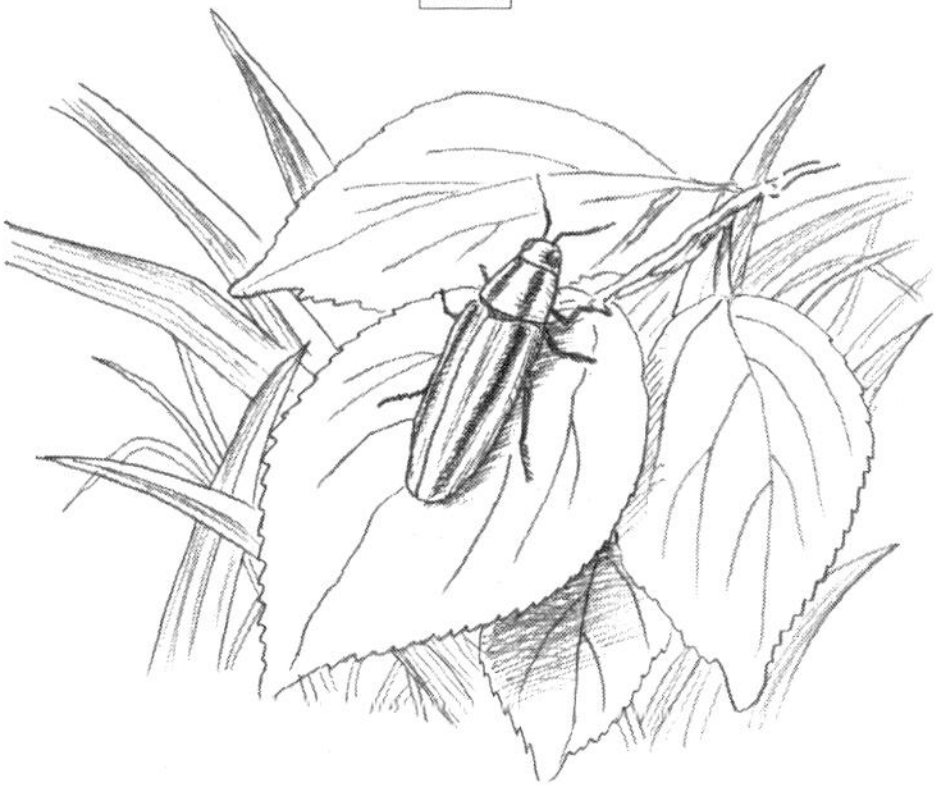

玉電松原は小さな町であったのにたいていの店があったと以前書いた。

つまりレコードだって小鳥だって雑誌『ガロ』だって買えた。

しかし、ない店（空間）もあった。

まず第一に映画館。

私の実家の最寄り駅である経堂には南風座《なんぷうざ》そして下高井戸には東映があった。

南風座は古い日本映画ばかり上映していて私が本格的映画少年になった中学一年生の時（一九七一年）には閉館してしまったから、私が入ったのは二回か三回だ。これは私の誤記憶かもしれないが、客席はスクリーンに対して見上げるように位置していた。

下高井戸東映は封切り館で私が大学生の頃に名画座に変った。

名画座になってからはヒッチコック特集やハンフリー・ボガート特集など何度も通ったが東映の封切り館時代は「まんがまつり」を除いて足を運ぶことはなかった。

世田谷線の下高井戸駅に上映作品のポスターが張ってあり、ヤクザ映画やお色気映画ばかりで、私にはちょっと怖かった。

ただし、私は時々夢想する。

杉作J太郎青年のように、高校生にして私が東映映画にはまっていたら、どうなっていただろう。たぶん私はまともな大学に進むことが出来なかっただろう。

この原稿を書いている今日は、梅宮辰夫が亡くなって二日後だが、彼の代表作である不良番長シリーズは一九六八年から七二年にかけて公開された。つまり私が小学校四年から中学校二年にかけてだ。

小学校時代は無理だとしても中学の時にこのシリーズを見ていたらどうなっていただろう。

一九七四年に私が入学した私立早稲田高校の梅宮さんは先輩だ。

だから梅宮さんにのめり込んでいたかもしれない。

五十歳を過ぎて東映映画にのめり込んでいった私は、去年（二〇一八年）、『新潮45』で梅宮さんにロングインタビューした。

今読み直してもかなり読みごたえあるが、梅宮さん自身に、芸能生活六十年を記念した東京プリンスホテルでのパーティーの時、良いインタビューでしたとホメていただいた。

経堂や下高井戸と比べて、三軒茶屋は映画の町であるといえる（た）。

私が引っ越して来た一九九〇年当時三軒もの映画館があった。

その内の一館、一番古い映画館（確か創業は大正時代）は一〜二年で閉館してしまったが、他の二館はかなり頑張っていた。

二館とも二本立てで、名画座というよりもかつての二番館だ。タランティーノやクリント・イーストウッドの新作はその二つの映画館で見た。

その二館がなくなり、しかしＤＶＤで新作を見るのが嫌いな私は以前よりロードショー館に足を運ぶことが多くなった（六十歳を過ぎて割引値段で見られるし）。

世田谷線で映画館がある（あった）のはその下高井戸と三軒茶屋の二駅だけだった。

主要駅である上町や小田急線と交差する山下にもない。

それに対して……。

映画館と並らんで、松原になかったものは古本屋だ。

プロレス少年だった私は小学校五年生の頃、プロレス雑誌のバックナンバーが平積みされた三軒茶屋の太雅堂《たいがどう》書店を発見した。

やがて『ＣＯＭ』や『ガロ』といった漫画雑誌や『スクリーン』や『映画の友』などの映画雑誌のバックナンバーを求めて同じ三軒茶屋の進省堂《しんせいどう》や経堂の遠藤書店にも通うようになった。経堂には他に小野田書店や依藤《よりふじ》書店や靖文堂《せいぶんどう》書店もあった。

映画館と違って世田谷線沿線には古本屋がたくさんあった。

下高井戸に四軒、山下に一軒（小田急線の豪徳寺駅に通じる細い道にあったその店は消えてしまったがのちに二軒――その内の一軒は経堂にあった靖文堂――がオープンする）、上町にも一軒（少し歩いた所にある「さくら通り商店街」の林書店）、世田谷にも一軒、松陰神社にも一軒（どちらも世田谷通り沿い）あった。

私が三軒茶屋（最寄り駅は若林）に越して来た時の若林にはなかったが、数年後、駅のすぐ近くに松なんとか書店がオープンした（この店は神田の古書展にも出品していた）。

商店の数では山下や松陰神社はともかく世田谷や若林に引けをとらなかったのに、何故松原には古本屋が一軒もなかったのだろう。思い出した。バブルが始まろうとする頃、私の第一次ニート時代、私は赤坂の一《ひと》ツ木《ぎ》通りにあったバー（私の父が保証人だった）に週二回ぐらい足を運んだ。途中で店を抜け出し、その通り沿いにあった古本屋を覗いた。土地柄もあって芸能関係の本が充実していた。ある時いつものようにその店に行ったらシャッターが降りていて、移転先の住所が貼ってあった。それは松原駅の近くだった。そして何度かその場所を訪れたが店はオープンしていなかった。

しかし、もしあったとしたら、私は毎日のように入りびたり、学校の成績はぐんぐん落ちただろう（もともと良い方ではなかったけれど）。

中学生の時、私は何度も、松原の古本屋にいる夢を見た。

その店は商店街のはずれ、「キッチン豊」の近くにあった（それはまさに赤坂にあった古本屋が移転した場所だ）。同じその場所に新刊書店がある夢を見たこともある。

こう書いている内に、松原商店街に不思議な店があったことを思い出した。

それは「ハマユウ」という店だ。

松原駅から西福寺の方に向かう大通りの最初の信号（四つ角）の右角がそば屋「増田屋」で、その向いが「オバタ薬局」だった。

「オバタ薬局」の方に（つまり左に）曲ると、「丸茂《まるも》肉店」、その隣りは一九七〇年の地図では船橋とあり、その隣りが自転車屋で、その隣りが「ハマユウ」だった。その隣りが「シルバー（高橋理容店）」（高校生の時まで私は通っていた）。

つまり自転車屋と理容店の間に「ハマユウ」はあったのだ。さらに述べれば高橋理容店の並びが何回か前に触れた文房具の「青木国林堂」だった。

要するにごく普通の商店街だった。

その普通の商店街の中に「ハマユウ」はあったのだ。

「ハマユウ」は要するにスナックだが、もっと淫靡《いんび》な感じがした。何かイカガワシイことが行なわれているだろうことが子供にもわかった。

しかし、客筋はどんな人たちだったのだろう。地元の人だったならすぐに評判になってしまう。今と違ってネットなんかなかったから、実際に入ってみなければ様子がわからない。

さらに不思議だったのはその店に人が入って行く姿が見えなかったことだ（私が寝てしまった夜中が営業の中心だったのだろうか）。

「ハマユウ」は私が高校を卒業する頃まであったと思うが、大学に入って酒をよく飲むようになった頃には消えていた（一度だけでも「探訪」しておきたかった）。一九八〇年代に入ってその場所は「小僧寿し」が出来た（それが松原商店街に出来た最初のチェーン店の飲食店だった）。

ファストフードという言葉はまだなかったけれど、ファストフードや持ち帰り的に一番充実していたのは下高井戸駅前だった（経堂駅前よりずっと充実していた）。

そもそも駅前にそれが創業店である旭鮨のビルが建っていて、その一階の持ち帰りコーナーは種類が豊富だった。

大阪寿司まであった。

だから、デブ少年だった私は太巻や箱寿司さらには京風のちらし寿司などを買って、家に持ち帰り、食べた。

ドムドムというハンバーガーチェーンはダイエーの子会社だったと聞くが、当時はまだ、少なくとも私の行動するエリアでは、ダイエーは関西から進出しておらず、下高井戸駅、市場口の西友ストアに行く途中にインディペンデントなドムドムがあった。たしかチーズバーガーが金に赤の包み紙で、ハンバーガーは銀に青だったと記憶する（赤堤小学校の後輩であるクラフト・エヴィング商會の吉田さんもその包みのことを懐かしがっていた）。

線路をはさんで反対側、日大通りにはマクドナルドとケンタッキーフライドチキンがあった。

どちらの店も当時の東京で（ということは日本で）かなり早い出店だったと思う。

ジーン・ハックマンとアル・パチーノ主演のロードムービー『スケアクロウ』を試写会で見たのは中学三年（一九七三年）の秋だった。

その中でとても印象的なシーンがあった。

一緒に刑務所を出た二人は、アル・パチーノの家に向って歩いて行く。途中で結婚記念日だったか妻の誕生日だったかのプレゼントを買い忘れていたことに気づく。

そして彼らが買ったプレゼントがケンタッキーフライドチキンだった。

私は何の違和感も持たなかった。

私にとってケンタッキーフライドチキンは「遠いアメリカ」つまりオシャレなアメリカ、

アメリカンモダニズムを象徴する食べ物だった。

プレゼントにふさわしい。

ところがそれを受け取った妻の悲しそうな表情。

彼女にとってケンタッキーフライドチキンはけっしてオシャレではなく、むしろシャビイーな（みすぼらしい）ものなのだ。

私はカルチュアーショックを受けた。

いずれにせよ、一九七〇年代に、我が町である下高井戸にマクドナルドとケンタッキーフライドチキンが続けてオープンした時は鼻高々だった。

「ハマユウ」だけでなくもっと規模の大きい不思議な店もあった。

それは駅の近くにあった「整美楽《せいびらく》」だ。

「整美楽」は割烹魚料理兼結婚式場だった。

「整美楽」がどのような魚料理を食べさせてくれるのかは謎だったし（大人を含めて私の近くに「整美楽」に入ったことのある人は一人もいなかった）、誰がそこで結婚式を挙げたのだろうか。

地元の人では数が限られているし、わざわざ（どこから？）結婚式を挙げに来たのだろうか。そもそも商売は成り立っていたのだろうか（成り立っていたからこそ、ずっと、平成に入っても、「整美楽」は続いていたのだろう)。

しかし、改めて考えて見ると「整美楽」は謎だ。松原駅よりずっと規模が広い下高井戸駅周辺にもその種の結婚式場はなかった。いやそれどころか近隣で一番の繁華街と言えた三軒茶屋にもなかった。

私がすぐに思い付くのは渋谷の東急文化会館(今ヒカリエがある場所)の七階だか八階だかにあった結婚式場だ。東急文化会館が建ったのは私が生まれた(昭和三十三年)頃だ。

それから東中野にあった日本閣もテレビCMが流れていた。

今結婚式場の主流はホテルで、五十歳以下の人は昔からそうだったと思っているかもしれないが、それは違う。

ホテルオークラやニューオータニ、東京プリンスといったシティホテルが次々と建てられていったのは前回(一九六四年)の東京オリンピックに合わせてだ。

戦前からのホテルは帝国ホテルぐらいしかない(赤坂の山王ホテルは規模が小さかった)。だいいち帝国ホテルに結婚式場があったのだろうか。

当時のホテルの結婚式で知られているのは日比谷にあった日活ホテルだ(石原裕次郎と北原三枝の式もここで挙げられた)。

それから格式が高かったのは東京會舘と九段会館だ(「3・11」で営業を停止してしまっ

た九段会館、教え子の結婚式でその式場に入ったことがあるが素晴らしい空間だった）。

一九八七年秋、私が『東京人』の編集者だった頃、飯田橋から編集室に向かう時、東京大神宮（ある時から初詣の人気スポットになってしまったので驚いた——私が『東京人』の頃はそんなことなかった）の敷地に大松閣《だいしょうかく》という五階建てのキッチュな建物があった。

『東京人』の経理の女性の話では、昔はそこで結婚式を挙げるのが憧れだったという。

東京大神宮は伊勢神宮の東京支店だったから格式のある式場だったのだろう。

話を「整美楽」に戻そう。

結婚式はそれなりの人数が集まるはずなのに私は「整美楽」の近くでそういう人たちを見かけたことがまったくない。

だいいち新聞や雑誌はもちろん街（町）の広告で「整美楽」の名前を目にしたことがない。

だから人はどのようにしてその結婚式場のことを知ったのだろう。

営業は成り立ったのだろうか。

一度で良いから足を踏み入れておけばよかった。

「ハマユウ」以上に謎の空間だった。

もう一度松原駅周辺の（「増田屋」の隣りに「生活クラブ赤堤館」——学生時代よくここで

ランチを食べた――があるからたぶん一九八〇年代の）地図を眺めてみる。

すると、「整美楽」の二軒隣り（つまり民家をはさんだところ）に「伊勢屋」という天ぷら屋がある。

こんな天ぷら屋があったとは知らなかったし、もちろん一度も入ったことがない。

ドライクリーニング屋は四軒あるが、初台時代からのなじみのクリーニング屋のお兄さんが軽自動車（私はよく家の前の路地で運転して遊んだ）で届けに来てくれたので利用しなかったが、私が大学生になった頃は姉が鳥肉屋（「鳥喜代《とりきよ》」）の隣りの「みつわクリーニング」に通っていた。

三軒茶屋で一人暮らしを始めた時、クリーニング屋にもアタリとハズレがあることを知ったが、姉がその店を選んだのは「鳥喜代」の次男坊（独身でのちにホテルマンとなる）にホレていたからかもしれない。

姉といえば、こういう思い出もある。

「オバタ薬局」の向いに「川口屋豆腐店」がある（その隣りが「松原商会」というクリーニング屋で、つまり「みつわ」より我が家に近い）。

地図の表記もそうなっているし、看板にもそう書いてあったと記憶するが、この豆腐店の息子さんと私の姉が区立赤堤小学校の同級生だった。

その息子さんが私の姉にホレていた。

時々、何かプレゼントを持って来た。

留守中だったりすると、帰宅した姉に、「またエバちんが来たよ」と言って冷やかした。

エバちん、と言うように、彼の本名（名字）は江畑だった。

江畑なのに何故「川口屋豆腐店」なのだろう、と私には謎だった（もともと「川口屋」でその一人娘が江畑という人と結婚したのだろうか？）。

西福寺の方から玉電松原駅の方に向って左側が松沢小学校、右側が赤堤小学校、さらに言えば「オオゼキ」側が松沢小学校だったから（つまり「オオゼキ」の娘さんも松沢小学校だった）、駅周辺を四つのブロックに分ければ、赤堤小学校のエリアは四分の一だった。

しかし皆、顔見知りだった。

「八百繁」のヒラメは私の一級上で、その妹が同級だった。「オバタ薬局」や「高橋理容店」の息子は私の弟の同級生だった。

地図を眺めている内に不思議な事に気づいた。

「布川電気」は左側なのにその店の娘、布川さんは私と赤堤小学校で同期だった（やはり左側のブロックの「増田屋」の馬場君は松沢小学校で、松沢中学で野球部に入った私の一年先輩で私は彼からシゴキを受ける）。

私が通っていた松沢中学校は転校生が多く（しかも皆勉強が出来百五十名足らずの男子学生の内二ケタ近くが東大に進んだ）、本来なら隣りの緑丘中学に進む人々があえて松中に入った（緑中は区内一の不良中学として知られていたから）。

だから松小と赤小の間でも越境入学がゆるされていたのだろうか（松小は超マンモス小学校で赤小はその半分以下の生徒数だった）。

当時の赤小はやはり優秀な児童の集まる小学校で、中学入試というのは試験日が重なるから、その日は、女子の殆どが欠席、男子も出席者は私を含めて十人足らずだった。

えっ、この連中とオレは一緒なのか、と少しショックだったが、成績優秀だと思われた私の姿を見て、皆喜んでいた。

実は私の成績はあまり良くなかったのだが。

こういう事もあった。

五年生の時にクラス替えがあってW先生が担任になった。

一学期が終わる数日前、廊下であったW先生に、ちょっとちょっと、と言って視聴覚室に導びかれた。そしてW先生は、これが今学期のキミの成績、と言って、私の成績表を見せてくれた。

W先生は、こう言葉を続けた。キミの成績はこんなものじゃないだろう（小学校二年の時の担任K先生にも、ツボウチ君は学年で一番優秀だ、と言われたことがある)、一体ボクの教え方のどこが悪いのか教えてくれ。

私はこう返答した。先生の教え方は全然悪くありません、これがボクの実力なんです。

私はまったく勉強しない少年だったが、公園や空き地で遊び、渋谷のプラネタリウムや児童会館に行き、野球場やプロレス会場に足を運んだ。

自転車に乗って梅丘《うめがおか》図書館にも行った(隣接した羽根木《はねぎ》公園にある交通公園で自転車を乗り廻すのも好きだった)。図書館では古い新聞の縮刷版を見るのが好きだった。

しかしそれらの事は学校の成績にはまったくつながらなかった(今の仕事の役に立ってくれているけれど)。

私を視聴覚室に導びいてくれたW先生はホモだった(もっとも、そういう噂を流していたのは私だったのだが)。

私が小学校五年か六年生だった時に結婚したけれど、すぐに別れ、以後、八十七歳で亡くなるまでずっと独身だった。

修学旅行(日光)からの帰りの電車の中で、私が、当時の人気マンガをまねて、W先生に電気アンマ(寝かせて両足をつかんで股間に右足を入れ揺さぶる)をかけたら、私の親友(悪友)コミちゃんが、ツボちゃんやめろやめろ、タツオ(W先生の下の名前は辰夫と言った）が気持ちよがっているから、といって止めた。

私はトンデモない小学生だった（コミちゃんとはもう三十年以上顔を合わせていない——噂では沖縄の無医村地区に医院を開いたと聞く）。

コミちゃんには四歳年上の兄（私とコミちゃんを初めてプロレス会場に連れていってくれた人）がいて、中学から慶応に進んだ彼は大学卒業後ＮＨＫに勤務した。ニューヨーク特派員だった頃はよくＮＨＫのニュースに登場した（とても正義感の強い人でプロレスの入場券を買う時、列に割り込もうとしているヤクザっぽい人に注意する姿に私はシビれた）。

コミちゃんの家は玉電松原ではなく山下駅の近くにあり（そこも赤小のエリアだったのだ——ただし中学は山崎中学）、近くに寺（墓地）があり、時々人魂が飛ぶと言われていた（けれど西福寺の近くに住んでいた私は人魂を見慣れていた）。

その寺である時私は玉虫を見つけた。

死んでいたけれど、とても美しかった。玉虫って本当に美しいなと思った。

燃える牛と四十七の扉

吉田篤弘

「えっ、本当に？　そうか、まだあるんだね、あの本屋」

少しくぐもった嬉しそうな声が耳もとによみがえる。本屋の話になると、いつでも楽しげな声になった。

「もう、とっくに閉店したのかと思ってたよ」

その本屋は、玉電山下駅のすぐ近くにあり、まだ少年であったころの坪内さんは、その本屋で毎週、漫画雑誌を買っていたという。ぼんやり歩いていたら、見過ごしてしまうような小さな間口の店だ。

「あの本屋のさ、奥の棚の二段目の右から何冊目にどんな本があったかとか、全部、覚えてるよ」

僕も子供のころにその本屋で漫画を買い、すぐにページを開いて、読みながら玉電の踏切を渡った。そのころ――半世紀前である――玉電の脇には小さな川が流れていたのだが、漫画に夢中になって、読みながら川に落ちたことがある。

同じ町で少年時代を過ごして、同じ小学校に通っていたものの、その当時はまったく面識がない。僕が坪内祐三という人を知ったのは、川に落ちてから二十年近く経った一九九四年の終わりごろだった。

これはもしかすると、僕だけではなく、多くの人がそうであったかもしれない。文藝春秋が発行していた『ノーサイド』という雑誌に、坪内さんの文章が掲載されていた。

その号は「黄金の読書」なる特集号で、表紙に小林秀雄が愛読していた岩波文庫版のベルグソン『物質と記憶』の写真があしらわれていた。その、ぼろぼろになった古本の佇まい——背表紙が失われて、ほとんど紙の束と化した文庫本の格好よさに一目でしびれた。が、急いで云っておくと、坪内さんが誌面で取り上げているのはベルグソンではない。小林秀雄が、いかにこの文庫本に魂を打ち込んで読んだか、という話は七十五ページに及ぶ特集の最初の方にあり、坪内さんが登場するのは、特集のいちばん最後である。ベルグソンと小林秀雄からずいぶんと離れたところに登場するのが、また印象的だった。

そこで坪内さんは、今後、文庫化を希望している五十冊の本を挙げている。そのラインナップに驚いた。これは単に、こちらが不勉強であっただけかもしれないが、そこに挙げられた五十冊のうち、読んだことがある本はわずかに三冊で、読んだことのない残りの四十七冊が、いかにも面白そうだった。

上司小剣『U新聞年代記』、浅原六朗『都会の点描派』、伊藤銀月『詩的東京』、江見水

蔭『自己中心明治文壇史』、高田保『有閑雑記帳』、正岡容『キネオラマ恋の夕焼』――等々。

これらの多くが、その時点では――いや、いまもなお――古本で見つけるよりほかないもので、僕はすぐに、その五十冊の書名が並んだページをコピーすると、鞄の内ポケットに入れて、常に持ち歩くことにした。

このリストを目にしてから、かれこれ四半世紀が経っているが、自分の古書に対する探求は、リストに並ぶ残りの四十七冊を手に入れることに費やされたと云ってもいい。より正しく云えば、四十七冊の中の一冊がたまたま手に入ると、そこからまた、二冊、三冊と興味をひかれる本が増えていった。云ってみれば、その奥にどんな世界がひろがっているか分からない「四十七の扉」を教えてもらったわけである。

坪内さんはそういう人だった。

街の路地裏に隠された面白そうな扉をいくつも知っていて、その扉の前まで、「ちょっと、行ってみない？」とわれわれを誘い、その道すがらに、扉の向こうの世界について、先生でもなく学者でもない、親戚のお兄ちゃんのような口ぶりで、わかりやすく説いてくれるのだ。

そして、扉の前まで来ると、いつのまにかいなくなっていて、「あとは、まぁ、好きなように楽しんだらいいよ」とばかりに雑踏の中に姿を消している。そういう人だった。

紙の上ではなく、生身の坪内さんに初めてお会いしたのは、筑摩書房から刊行された『明治の文学』の会合の席においてだった。坪内さんは全二十五巻を数える選集の編者で、僕は幸いにも、その装幀を担当することになった。それが二〇〇二年のことで、鞄にリストを忍ばせてから八年が経っていた。

まっさきに、そのことをお伝えしようとしたところ、坪内さんは横を向いたきりで、こちらを見てくれない。隣に座っていらっしゃる佐久間文子さん（坪内夫人である）に向かって何ごとか話していた。その声も、じつにか細くて、何とおっしゃっているのか、最初は聞きとれなかったのだが、よくよく耳を傾けてみると、じつのところ、坪内さんは佐久間さんに話しかけているのではなく、こちらに伝えたいことを、佐久間さんに話すかたちで僕の耳に入れようとしているのだった。初対面だったので、直接、面と向かって話すのが照れくさかったのだろう。

その証拠に、

「坪内さんは、赤堤小学校に通っていたんですよね」

と話しかけてみると、急に晴れやかな顔になり、「じつは、僕も赤小なんです」と告白した途端、

「えっ、本当に？」

ものすごく嬉しそうにして、そこから先はもう親戚のお兄ちゃん——いや、すっかり小学校の先輩として話してくれたのだった。

坪内さんが赤堤小学校に通っていたという話はエッセイの記述によって知っていた。赤小の校庭から植草甚一が住んでいたマンションが見えた、というエピソードである。その文章を読んだとき、「えっ、本当に？」と、僕も嬉しくなって思わず声が出た。あの坪内さんが自分と同じ小学校に通っていたなんて——。

念のために書いておくと、世田谷区立赤堤小学校はごく普通の小学校で、坪内さんは学校の北側に、僕は東側の駅に近いところに住んでいた。学校のすぐ北側には、都内ではその当時としてもめずらしかった本格的な牧場があり——いまはもう、もちろんありません——その牧場の向こうにある西福寺という寺院の隣に坪内家はあった。これは最近になって知ったことで、当時は学年が四年もはなれていたこともあって、前述したとおり、お互いを知る由もない。

ただ、同じ空気を吸って育った同郷の仲であるという実感は、お会いするたびに感じられた。牧場のことも、しばしば話題にのぼり、

「牧場が火事になったときのこと、覚えてる？」

そう坪内さんは云うのだけれど、こちらにはそんな記憶はまったくない。

「牛に火が燃え移って、学校の前の通りを、燃えながら走り抜けていったんだよ」

この話は都合三回ほど聞かされたのだが、聞くたびに、描写が細やかになり、いまとなっては、自分もその場に居合わせたような気になっている。そして、この話のあとに、坪内さんは必ずこう云うのだった。

「あのあたりには、マジック・リアリズムのようなものが根付いていると思うんだよ。古田さんには、いつかそういう小説を書いてほしい」

半ば笑いながらそう云っていたので、さて、本気だったのか、冗談であったのか、いまとなっては分からない。

ただ、坪内先輩がそう云っているのだから、いつか書こう、燃える牛が赤堤通りを疾走するような物語を――とひそかに企んできた。いつか先輩に提出する宿題である。

ところが、先輩はわれわれの故郷であるその一帯を舞台にし、「玉電松原物語」という長編エッセイを『小説新潮』で連載し始めた。その第一回に「燃える牛」が登場したのである。

「これは私が赤堤小学校に入学する前、つまり昭和三十年代の話だが、ある時四谷軒牧場が火事になり、背中が燃えている牛が小学校に入りこみ、校庭を狂ったように駆けまわり生徒たちはパニックになったという。」

あれ？　と首をかしげざるを得ない。坪内さんはたしか自分で見たような話しぶりだったのだが、

「朝礼で、最古参の女性教師から聞いた話だ。」

と書いている。

なるほど、と僕は腕を組んだ。

坪内さんはおそらく、僕をそそのかすために、「覚えてる？」などとこちらの記憶を促すかのようにけしかけ、坪内さんが思うところの「赤堤マジック・リアリズム小説」に導こうとしていたのではないか――。

「玉電松原物語」はあくまでエッセイなのだけれど、そういうわけで、僕にとっては、読めば読むほど小説を読んでいるような心地になる読み物だった。ちなみに、「玉電」というのは本書にも記されているとおり、現在の世田谷線のことで、僕は「玉電松原」駅の隣駅である「玉電山下」駅のすぐ近くで生まれ育った。

駅から近いということは線路からも近いわけで、夜になって町が静かになると、二両編

成の玉電がガタンゴトンと通り過ぎる音がのどかに響いた。「山下」という町はその名のとおり、かつて世田谷城があった台地のふもとに位置し、それゆえ城の跡と山下をつなぐ商店街はゆるやかな坂になっている。この坂をのぼりきった玉電の線路ぎわに銭湯があり、夜おそくに銭湯の門が閉じられて仕舞い湯の栓が抜かれると、商店街のアスファルトのドを湯が流れていく音が聞こえた。

なにしろ本物の牧場があったのだから、これはもう比喩ではなく、正当に牧歌的な町だった。ところどころ畑がひろがり、井戸が町の中にいくつも点在していた。それらの井戸の多くは使われていなかったが、これには由来がある。戦時中の空襲の際、千歳船橋に装備されていた高射砲がB29を撃ち落とし、西福寺と牧場のあいだあたりに墜落したという。その機体からあふれ出した大量の油が、井戸水を侵して使えなくなってしまったと聞いた。

神社の横の細い路地の突き当たりには、子供たちが「ほら穴」と呼んでいた暗い大きな穴があり、金網が張られた穴の中を覗こうとすると、奥の方から冷たい風が吹いてきて頬をなぶった。それは防空壕の名残りだったが、あたかも、小学校の図書室で読んだ冒険物語の入口のように思えた。ときどき、どれが本当のことで、どれが図書室で読んだ物語であったかわからなくなる。

だから、本書で坪内さんが描いている風景や町の情緒は、そのいちいちが「覚えてる？」と語りかけてくるようで、こちらとしては銭湯の湯につかるような心地よさで読んでいたところ、連載の第四回――本書の第四章――に、大学院を出た坪内青年が、進路に悩んで小説家を目指そうとしていた、というくだりが出てきて驚いた。

本書と同じ「玉電松原物語」というタイトルで七十枚の短編小説を書き、『新潮』の新人賞に送った、とある。初耳だった。その書き出し部分が記憶を頼りに書き起こされていて、わずか二百字くらいではあるけれど、ぜひ、先を読んでみたいと思わせる。

さらに、その回には、「作家で装幀家の吉田篤弘さん」が小学校の後輩として登場し、ああ、自分が「赤堤マジック・リアリズム小説」を書きそびれているうちに、坪内さんに先を越されてしまったのだ、となんだかおかしな心持ちになった。

もし、僕が先に書いていたら、間違いなく坪内さんをモデルにした「物知りの先輩」を登場させていただろう。そんな物語を書くはずだった自分が、坪内さんの物語の中に登場しているのだ。

しかし、連載は思いがけないかたちで、唐突な最終回を迎えてしまった。まさか、連載の途中で語り手自身が町からいなくなってしまうなんて、著者自身がいちばん驚いているのではないか。

唐突な終わりではあったけれど、そのしめくくりの文章はまさにマジック・リアリズムの香りがする。

「近くに寺（墓地）があり、時々人魂が飛ぶと言われていた」

という一文のあと、

「その寺である時私は玉虫を見つけた。死んでいたけれど、とても美しかった。玉虫って本当に美しいなと思った。」

と結んでいる。

じつは、この寺には僕も子供のころから何度か通っていて、僕もまた、寺の境内で玉虫の亡骸を拾ったことがある。

そのときの手のひらの上の鮮やかな輝きを思い出しながら、坪内さんの通夜に出向いた。

「覚えてる？」と、いまにも語りかけてきそうな遺影が飾られていた。

「ええ、覚えていますよ」とつぶやいたり、「そうでしたっけ？　よく覚えていますね」とつぶやいたり。

おそらく坪内さんも、忘れつつあったものと、この本を書くことでひとつひとつ再会していたのではないか。思えば、「明治」や「靖国」といった、ずいぶん遠いところまで散策に出かけていらっしゃったけれど、最後に玉電松原に戻ってきて、若いときに果たせなかった小説家としてのデビューを、坪内さんらしく、じつにさりげなく叶えてみせたのだと思う。

「偶然だけどね」と坪内さんは目を逸らしてそう言うだろう。でも、かつての応募先である『新潮』ではなく、その隣の『小説新潮』で連載を始め、隣ならではの気安さなのか、それとなく小説家を目指したエピソードを書き添えているのだから、この回帰はあながち偶然ではなく、小説家を目指した自分への粋な目くばせだったのではないか。


通夜の席から帰宅したあと、受付で頂いてきた紙袋の中を見たら、香典返しとして、泉屋のクッキーとコーヒーが入っていた。

ああ、坪内さんらしいセレクトだな、と思い、いや、そうじゃないんだ、と胸の真ん中がしんとなった。坪内さんはもういなくなってしまったのだから、これは坪内さんが選んだわけではない。

またしても、扉の前まで誘って、いつのまにかいなくなっている。

「あとは、まぁ、好きなように楽しんだらいいよ」

急にひとり取り残されたような、心もとない思いになった。

吉田篤弘（よしだ・あつひろ）
一九六二年東京都世田谷区赤堤生まれ。作家。小説を執筆するかたわら、クラフト・エヴィング商會名義による著作とデザインの仕事を続けている。著書に『つむじ風食堂の夜』『それからはスープのことばかり考えて暮らした』『遠くの街に犬の吠える』『おやすみ、東京』『月とコーヒー』『天使も怪物も眠る夜』『流星シネマ』『奇妙な星のおかしな街で』など多数。

「小説新潮」二〇一九年五月号～二〇二〇年二月号に掲載。吉田篤弘氏の「燃える牛と四十七の扉」は書き下ろし。

本作品は著者の急逝（二〇二〇年一月十三日）により未完となった。

編集部

装画・地図・扉画　いとう良一
装幀　新潮社装幀室

坪内祐三（つぼうち・ゆうぞう）
一九五八（昭和三十三）年五月八日東京都渋谷区生まれ、三歳から世田谷区育ち。早稲田大学第一文学部人文専修卒、同大学院英文科修士課程修了。八七（昭和六十二）年から九〇（平成二）年まで『東京人』編集部員。九七（平成九）年、『ストリートワイズ』（晶文社）でデビュー。二〇〇一（平成十三）年九月、『慶応三年生まれ 七人の旋毛曲り』（マガジンハウス）で講談社エッセイ賞を受賞。二〇（令和二）年一月十三日、心不全のため急逝。主な著書に『靖国』『古くさいぞ私は』『変死するアメリカ作家たち』『探訪記者 松崎天民』『昼夜日記』など。「小説新潮」に連載中だった本作が遺作となった。

玉電松原物語《たまでんまつばらものがたり》

発行 二〇二〇年一〇月一五日
三刷 二〇二一年二月一〇日

著者 坪内祐三《つぼうちゆうぞう》
発行者 佐藤隆信
発行所 株式会社新潮社
東京都新宿区矢来町七一
郵便番号 一六二-八七一一
電話 編集部〇三-三二六六-五四一一
読者係〇三-三二六六-五一一一
https://www.shinchosha.co.jp
印刷所 大日本印刷株式会社
製本所 加藤製本株式会社
乱丁・落丁本は、ご面倒ですが小社読者係宛お送り下さい。
送料小社負担にてお取替えいたします。
価格はカバーに表示してあります。

ISBN978-4-10-428105-3 C0095